新潮文庫

茶筅の旗

藤原緋沙子著

新潮社版

11440

目次

茶筅の旗

朝霧

一

「お綸《りん》さま、ご覧なさいませ。太閤《たいこう》殿下が天下一だとお墨付きを下された薗畑《えんばた》（茶薗）が一望できます」

野袴《のばかま》姿の利助《りすけ》が丘の際《きわ》に走り寄り、眼下に広がる宇治郷《うじごう》を指した。

「碧《あお》、一服だ」

利助の背後に馬を止め、ひらりと馬から飛び降りたのは、宇治郷で茶薗を営む朝比《あさひ》奈《な》道意《どうい》の娘で、今年二十一歳になった綸という娘である。

色白の肌、目鼻立ちの涼しげな顔立ちに、漆黒の髪を根結《ねゆ》いにして後ろに垂らし、紅綸子《べにりんず》に四季の花模様を施した小袖《こそで》に袴を着けている。

陽光を受けたその姿は、気品を備えた出雲《いずも》の阿国《おくに》のようでもあり、凜々《りり》しい若衆のようでもある。

頃は卯月《うづき》、宇治東方にある笠取山《かさとりやま》から朝の光が差し始めると、宇治川両岸に掛かっていた霧が晴れ、深い緑の中に、平等院をはじめとする貴族の別荘や社寺の姿が浮かんでくる。

「美しいな、利助」

綸は、晴れていく霧の向こうを見渡したが、その顔には一抹の不安が覗《のぞ》いている。

綸の父道意の体が思わしくなく、綸は昨日のうちに宇治田原の禅定寺《ぜんじょうじ》に手代《てだい》の利助と出向き、和尚《おしょう》が秘蔵の高麗人参《こうらいにんじん》六年根を懇願して譲り受け、今朝暗いうちに寺を出立、ようやく宇治郷が見渡せるこの丘まで戻ってきたのであった。

「利助……朝比奈家の茶薗は、あのあたりか？」

綸は手にした鞭《むち》で緑の中の一画を指した。

「へい、さようで」

利助は、綸が鞭で指し示したあたりを眺めながら満足そうに相槌《あいづち》を打つ。

そこには、他国には見られない葦簀《よしず》や藁《わら》で覆《おお》った畑が見える。

事情を知らぬ者は一見して、その覆いの下で茶の葉が育っているなどとは思うまい。

だがこれが『覆下《おおいした》栽培』と呼ばれる、この宇治だけに許された茶葉育成のための構築物で、織田信長、豊臣秀吉と、世の為政者が愛した御茶道になくてはならない茶畑の景色なのだ。

綸の父朝比奈道意所有の薗畑は、宇治橋から延びた大和《やまと》街道沿いにあった。

「こうして宇治郷を見渡すとよくお分かりかと存じますが、朝比奈家は良い場所に薗畑をお持ちです。御先代の目の付け所が良かったのは申すまでもございませんが、茶薗を継いだ旦那《だんな》さまのお働きも大変大きいのでございます」

「おとどさまの働きには、並々ならぬ苦労があったと聞いている」

綸は誇らしげに言った。

「はい。今や押しも押されもせぬ宇治の御《お》茶師《ちゃし》でございます」

綸は、利助の言葉に耳を傾けながら、じっと朝比奈家の茶薗があるあたりに目を遣《や》った。

――父の後を継ぐ自分には、よりいっそうの責任がある……。

綸は近頃つとにそう思うようになっている。

国広しといえども、この地の茶薗は、茶葉を育てる手間も暇も金も人手も、他国や他の土地の茶薗とは比ぶべくもない。

たとえば茶薗に施す肥料の高《たか》は、他の産物に比べると驚嘆するほどの額を費やさねばならぬ。また桜の季節にお茶の萌芽《ほうが》が始まると、余所《よそ》の茶薗にはない手間を掛けなければならない。

頃合いを見て茶薗全体に丸太の杭《くい》を打ち、人の背丈ほどの高さの棚を竹で作り、その棚の上に葦簀を広げて茶の芽を霜の被害から守る。

さらにその日より十日を経て、今度は葦簀の上に藁を振りまき、茶薗全体を日光から少しずつ遮《さえぎ》って、ついには遮断してしまうのだ。

そうして育った若い茶の葉は、柔らかく青々としているのはむろんのこと、覆《おお》い香《か》と呼ばれる独特の高い香りを放つようになる。

この若い茶を摘み採って「碾茶《てんちゃ》」を精製するのだが、出来上がった茶葉は生葉の色もそのままに、青々としていて香りが立ち、甘くて、うまみをたっぷり含んだ最高級の御茶となる。

碾茶とは、この時代に下々の者たちが茶釜《ちゃがま》の中に茶葉を投じて煮立て、飲んでいた粗雑な御茶のことではない。

精製した茶葉を石臼《いしうす》で挽《ひ》き、抹茶にして、茶筅《ちゃせん》で点《た》てて飲む御茶のことで、覆下栽培で製された碾茶は、まずは将軍家、禁裏《きんり》や京のお公家《くげ》衆、各地の大名家、そして茶人をはじめとする数寄者《すきしゃ》たちに送られる。

茶薗を営むのは元は豪士。時々の為政者と茶道を媒介として強く結びつき、他の産物生産者には見られない特権を与えられている。名字帯刀はむろんのこと、自らを『御茶師』と呼び、御茶師の代表格である御茶頭取の上林《かんばやし》家は、一方では代官として郷を治めている。

御茶師は、武士と同等の格を持った者たちだと、自他ともに認めていると言ってもよい。

その御茶師たちが殊《こと》の外《ほか》多忙を極めるのは、この卯の花の咲く季節、御茶を摘み、製する時期なのだ。

「利助、おととさまは私に申しました。この宇治の地を、二度と戦《いくさ》の中に置くことがあってはならぬと……」

綸の脳裏には、業火《ごうか》で焼け落ちる伏見の城下町、逃げ惑う人々、そして甲冑《かっちゅう》を着けた侍たちが宇治に雪崩《なだれ》を打つように現れた時の郷民たちの恐怖などがありありと浮かんでいる。

「お綸さま、そう考えているのは旦那さまだけやありまへん。この宇治の御茶師の皆様、どなたさまも同じ思いでございます」

利助は言い、綸の横顔を頼もしく見た。

綸が朝比奈家の跡継ぎとして日々その覚悟を固めているのを利助は感じ取っているからだ。

山科《やましな》の山の奥から十三歳で宇治にきて、朝比奈家で奉公するようになり今年で十七年、利助は綸をずっと見てきている。

その綸が美貌《びぼう》の女人というだけでなく、男にも勝る度胸を秘めているのを、利助は知っている。

綸は、利助にとって自慢の女《ひと》なのだ。

「利助、帰るぞ」

綸は愛馬に跨《また》がった。

「はい、お綸さまの姿が見えないと、皆も力が入りません」

利助は、嬉《うれ》しそうに手綱を取った。

宇治や栂尾《とがのお》の茶薗を見れば
新葉《しんば》が立ちて　いまよいさかり
露をはろうて摘む　この新茶みやれよ
揃《そろ》いの手ぬぐい　揃いの前垂《まえだ》れ　薗に赤い花が咲く　花が咲く
茶を摘む女の　心ばえ　心ばえ

この季節、薗畑は宇治川の両岸にあり、茶摘み歌は風に乗って宇治郷のどこにいても聞こえるほどだが、街道沿いにある朝比奈家の薗畑でも、晴れやかな若い女たちの声が響く。

摘み子たちは、白地に『朝比奈』という赤い文字を染め入れた手ぬぐいを頭にかぶり、朱色の襷《たすき》を掛け、前垂れも同じ朱色で、こちらには『朝比奈』と白い文字を染め抜いている。そして竹で編んだ茶摘み籠《かご》を肩から掛けているのである。

総勢五、六十人はいるだろうか。皆山科や奈良や近江《おうみ》から茶摘みのために集められた二十歳前後の女子《おなご》である。

「一芯二葉《いっしんによう》！……一槍二旗《いっそうにき》！……間違ごうても一芯三葉は摘まんように。手早く、やさしゅう、新葉を傷《いた》めんように……よろしいな」

朝比奈家の茶薗で女たちの間を縫って指揮をとっているのは、おとりという中年の女である。

おとりは御茶の摘み子を毎年茶薗に世話する『引き手』と呼ばれる口入屋《くちいれや》の一人で、長年朝比奈家の摘み子の確保はむろんのこと、こうして茶摘みが始まると、摘み子たちを激励し、指導して回るのである。

自分が選んで連れてきた摘み子が、手早く、茶の葉を傷つけずにたくさん摘めば、自分の手柄になるし、来年の摘み子の世話も一任される。

「それと、何度もいうようやけど、紙付けしてへん茶の木は摘んだらあきまへんで……気ぃつけてや」

おとりは、手にある白い紙を高く上げて、ひらひら振ってみせる。

茶の木への紙付けは茶薗の主《あるじ》の仕事で、毎日早朝、摘み子が薗にやってくるまでに茶薗を見回り、茶葉の生育を確かめて、今日摘む木はこれだと目印をつけるのだ。

朝比奈家の畑は、今朝は道意に代わって番頭の藤兵衛《とうべえ》が紙付けを行っている。

「おとりさん、うちにも紙付けお頼みします」

一人の女が手を上げて言い、くすくすと笑った。

すると、

　私もそろそろお嫁にいきたし　紙付けてほしいよ　茶薗の中で

女たちは一斉に声をそろえて歌い上げると、今度はそろって、きゃっきゃっと楽しそうに笑い転げる。

「まだまだ、嫁に行くのは三年早いわ！　殿御に紙付けしてほしかったら、しっかり働くことや！」

おとりも負けずに大声で答えて笑う。

その目が、茶薗の入り口を見て、驚いた。

「お綸さま！」

綸は先ほど宇治田原から戻ってきたばかりだが、利助を一足早く屋敷に帰し、自分はこの茶薗に立ち寄ったのだった。

綸は、晴れやかな顔で茶薗の中に入ると、

「みなさん、みなさんの頑張りがあってこその朝比奈家です。よろしく頼みます」

はつらつとした明るい声で言い、女たちに気さくに声を掛けながら茶薗を回っていく。

女たちも綸に応《こた》えて、茶を摘む手がひときわ軽快になっていくようだ。

その様子をじっと見ていたおとりは、綸が側《そば》に戻ってくると、

「お綸さま、お綸さまにお声をかけていただいて、摘み子たちのあの勇みよう……」

おとりは、目を細めた。

「おとりさん、皆さんの暮らしに不便はありませんか」

摘み子たちは朝比奈家の屋敷内にある長屋と、町の貸し家に分散して寝泊まりしているのだが、その暮らしを綸は案じたのだ。

「お綸さま……」

おとりは感激して、鼻をチンとかむと、

「お任せくださいませ。食事も寝床も十分に気を配っていただいておりますので」

「摘み子たちのことはおとりさんが頼り。お頼みします」

綸はおとりに言い置いて、すぐに踵《きびす》を返した。

父親の道意のことが気がかりだった。

朝比奈家の屋敷は宇治橋から西南に延びている街道筋の、新町通り六番町にあった。

この新町通りには、御茶師たちの屋敷が軒を並べているのだが、いずれも長屋門と言われる立派な門構えで、武家屋敷のような威厳がある。敷地は五、六百坪から千坪。朝比奈家は、六百坪の敷地に二階屋を建てていた。

屋敷内には製茶場があり、また御茶を納める先の幕府や公家、大名たちの名《みょう》代《だい》や茶人たちの訪問も受けるとあって、当然その造りは格式を備えたものでなくてはならない。上林家などは、かつて豊臣秀吉の訪問を何度か受けているし、朝比奈家も公家や諸大名の使者や家老を迎えている。

まず表門を入ると、玄関まで玉砂利《たまじゃり》が敷かれていて鉄平石《てっぺいせき》の方形の敷石が門から玄関まで置いてある。

玄関には式台があり、お客を出迎える寄りつきは十畳もある。

家の中に上がると同じような広さの部屋がいくつも続く。まず一階には客人のための大部屋と小部屋がいくつもあって、その奥に家族の生活する部屋、それに奉公人の大部屋も二部屋、蔵も二つ、廊下を渡った離れにはお茶室もあり、米蔵、薪蔵《まきぐら》、炭蔵、漬け物蔵、台所、それに生葉を処理する十二畳ほどの土間も三つ、その土間に接して茶蒸し場や蒸した御茶を冷ます部屋もある。

そして母屋《おもや》の二階に至ってはすべて製茶場になっている。また摘み子たちのように製茶の季節にやってくる人たちの長屋も塀に沿って連なっていて、茶撰《ちゃよ》りの女たち、焙炉場《ほいろば》で働く焙炉師たち合わせて二百人近い人たちが働いている。

「おかえりなさいまし、お綸さま」

綸は、女中頭のおしのの声に迎えられて屋敷に入った。

「おととさまはどうしている?」

利助には、屋敷に帰ったらすぐに人参を煎《せん》じるよう頼んでいたので、それが気になった。

「はい、旦那さまは煎じ薬をお飲みになりました。綸が探してきてくれた人参だって、とてもよろこんでいらっしゃいました。ただいまは織部《おりべ》の殿様がお見えになりましてお話し中です」

思いがけない名前が上がった。

「織部のおじさまが……」

ぱっと綸の顔が明るくなった。

「お綸さまがお帰りになったら、すぐにお茶室に来るようにと旦那さまが……」

朝比奈家のお茶室は、客間に続く渡り廊下の先にある。

綸は心弾ませて茶室に急いだ。

二

織部とは、山城国西岡三万五千石を長男に譲り、自身は近江の一万石のみを隠居領として知行する老武将だが、利休亡《な》き後の茶道界に君臨し、今は将軍家はじめ多くの茶道を愛する人たちの茶道指南を行っている古田《ふるた》織部のことである。

しかも宇治の御茶吟味役を担《にな》っていて、精製した御茶が禁裏や将軍家に納めるに値する御茶かどうかを試飲して吟味し、その年の碾茶の善《よ》し悪《あ》しを決定するのだから、大変な権力を持っている。

利休が健在の折は、その役を利休が担っていたのだが、切腹したのちは、織部が引き継いでいる。

古田織部のお墨付きがなければ、宇治の御茶師としての座はない。織部は御茶師たちから、畏敬《いけい》の念をもたれている存在だ。

だがその織部も、朝比奈家にやってくると、まるで縁戚《えんせき》を訪ねてきたかのように振る舞う。織部は綸と深い関わりがあるからだった。

綸は父、朝比奈道意とは血のつながりがない。

関ヶ原の戦いの折、伏見の城下が戦乱に巻き込まれ、町中が火の粉に包まれた時、綸は焼け出されて迷子になって泣いていた。

その綸を焼け跡から助け出してくれたのは、美しい着物を着た女人だったが、まもなく綸はその女人の手から織部の手に渡され、織部が朝比奈家に連れてきて道意の養女としたのである。

この時綸は、戦火の中に置かれた恐怖で記憶を失っていた。

ただ、名前が『綸』ということや、年齢がこの時七歳だということは、綸が肌身に付けていたお守りの中に入っていた書き付けで分かったようだ。

「綸……美しいお名です。絹の糸のようにしなやかに、そして強く育ってほしいというおかかさま、おととさまの願いがこめられているのですね。良い子じゃ、良い子じゃ、もう何も案ずることはありませんぞ」

五年前に亡くなった道意の妻、以与《いよ》は、その時綸にそう言って、

「今日から綸は朝比奈家の娘、私の娘じゃ」

強く綸を抱きしめてくれたのだった。

養女とはいえ、子に恵まれなかった朝比奈夫婦は、綸を朝比奈家の唯一《ゆいいつ》の跡取りとして大切に育ててくれたし、織部もまた、わが娘か孫のように自分の膝《ひざ》に乗せ、茶道は直伝、綸の成長を目を細めて見守ってくれている。

綸も道意を実の父親、以与を実の母親と思ってきたし、織部についても、血の繋《つな》がったおじさまか、お爺《じい》さまのような親しみを持って今日まできている。

そういう間柄だからして、朝比奈家の茶室は織部指南で作られたもの。相伴席を伴った三畳台目《だいめ》、色紙《しきし》窓《まど》の付いた『鶯鳴亭《おうめいてい》』と銘打った茶室だ。

鶯《うぐいす》は春を告げる鳥。古今和歌集の大江某が詠《よ》んだ、

うぐいすの谷よりいずる声なくば春くることを誰か知らまし

から想を得たとのこと。

朝比奈家にいつも春が来るようにと、朝比奈家の弥栄《いやさか》を願ってのことだと綸は亡き母から聞いている。

「失礼いたします」

綸は、一つ息をついて心を鎮《しず》めると、茶室にするりと入った。

丁度織部自ら御茶を点てて、父の道意がいただいているところだった。

相伴席には古田家の家士、沢井《さわい》甚十郎《じんじゅうろう》と朝比奈家の番頭の藤兵衛が控えていた。

「綸、こちらへ……」

織部は綸に顔を向けて言った。白髪が鬢《びん》に光っている。

綸は頷《うなず》いて、織部の近くに膝を進めた。

すると織部は、藤兵衛に向かって頷いた。

藤兵衛は部屋の隅に置いてあった折敷《おしき》二つを持って織部の側に進み、織部の前に置いた。

折敷の上には美濃《みの》紙が敷かれ、それに出来上がった碾茶が二種、載せられている。

どうやら父と織部は、今年の碾茶の仕上がり具合を話していたようだ。

宇治では御茶が出来上がると、御茶吟味役の織部が試飲して、禁裏や将軍家に送るに足る碾茶かどうかを決める訳だが、しかしそれは少し先の話だ。今年の御茶の生産は、まだ始まったばかりだ。

何の話をするのかといぶかしく思っていると、

「綸、そなたもこれから朝比奈家の跡取りとして、いよいよ本格的に御茶師の修業をするのだと、たった今お父上から聞いたところだが……」

織部は、綸の表情を確かめるように見て、

「そこで一つ聞きたい。この二つの御茶の違いは分かるな？」

二つの折敷を綸の前に進めた。

「はい、こちらが白茶《しろちゃ》、そしてこちらが青茶《あおちゃ》です」

綸は、それぞれ御茶を指して応えた。

正式に御茶師の修業をした訳ではないが、屋敷内で行われる製茶作業のひとつひとつを、見聞きして育っている。

それは鮭《さけ》が生まれた河川に戻って産卵するように、また多くの動物が、生きていく術《すべ》を自然と身につけていくように、御茶師の家で育った綸は、日々の暮らしの中で誰に教わることもなく、碾茶生産の過程は、肌で感じ、体の中に取り込まれて、血肉になっているのだった。

「ふむ、では二つの御茶の製法の違いを知っておるな」

織部が確かめるように聞く。

「おじさま、綸は朝比奈家の娘です」

綸は、口をとんがらせた。何を今更と思ったのだ。

「だからこそ聞いておる。お父上は、近いうちにそなたに婿《むこ》をもらって後を継いでもらうのだと言っている。そうなればそなたは朝比奈家のおかみさまとして、御茶のことは何でも知っていなくてはならぬ」

「おじさま、綸はまだ婿などいりません」

綸は、そっけなく言った。話は婿のことだったのかと思った。

話にのぼっている婿というのは、上林家の養子で清四《せいし》郎《ろう》と聞いている。綸も子供の頃には何度か祭りなどで会って言葉を交わしたことはあるが、どこか物事を斜めに見ているような、ひねくれたところがあった。

清四郎が元服してからは、一度遠くから見かけただけだが、人の噂《うわさ》では、不《ぶ》躾《しつけ》な物言いをする男だという話だった。そんな男と一緒になるのかと思うと気が滅入《めい》る。

上林家との縁談は父から数度聞いていたが、綸はずっと生返事をするばかりで、いやむしろ、その話から逃げてきた。

「綸、お父上が体調を崩された。長生きをしてもらうためにはお父上に代わって家業を継ぐ者が必要だ。それは分かるな」

「おじさま……」

綸は、抗《あらが》いの目で織部を見た。

「ふむ、その顔では、好きな殿御でもいるのか?」

道意をはじめ、皆の視線が一斉に綸に向いた。

綸は慌《あわ》てた。顔が赤く染まるのが自分でも分かったが、

「おりません」

強い口調で否定した。

「お父上が決めた婿どのが嫌じゃというておるのではないのだな」

織部は念を押す。

「私は婿をとらないとは言っておりません。ひととおり御茶師としての修業を積んだのちに、婿をとりたいと思っているのです」

「わかったわかった。ならば、先ほどの質問じゃ。白茶と青茶の違いを申してみよ」

織部は、真剣な目で綸を見た。

綸は膝を直して、まっすぐに織部を見た。

織部が今日、寸暇を惜しんでわざわざ足を運んでくれたのは何故《なぜ》なのか……それはひとえに父の容体を案じ、朝比奈家の今後を案じているからに他ならない。

「えへん」

綸は咳払《せきばら》いをすると、

「碾茶になるまでの手順はたくさん有るわけですが、その手順の中で、青茶と白茶で大きく違っているところを申し上げます」

「よし」

織部は期待した目で頷いた。

「まず摘み子が摘んだ生葉は、茶薗から直ちに運ばれて、大きな籠に移されて重さを量り、すぐに埃《ほこり》や蝕《むしば》まれた芽が撰《よ》り子《こ》によって取り除かれますが……その次の工程が、青茶と白茶では違ってきます」

「ふむ……」

織部はじっと聞いている。

「摘んできた生葉を蒸して、焙炉で乾かす。蒸して、仕上げるのが『白茶』です」

「うむ」

織部は頷いた。楽しむような目を綸に向けている。

「一方、『青茶』というのは、摘んできた生葉を藁灰の水にくぐらせたのち、蒸さずに湯引きし、焙炉で乾かして仕上げます。蒸すのか湯引きなのか、それが違うところです。この青茶の製法は、長井《ながい》家で考案され、おじさまがとても気に入られて今に至っているとお聞きしています。いわば、おじさま好みの御茶と申し上げてもよいのではないでしょうか」

綸は、にこりとして小首を傾け、織部の同意を誘った。

織部は、嬉しそうな顔で頷くと、

「そうだ、青茶は、長井殿が出してきた案をわしが気に入り作らせたものだが、あれこれと試行錯誤の上、出来上がった苦労の産物だ」

「存じております。おじさま、今そちらの膝元にあるのをご覧になれば分かる通り、白茶と青茶では、見た目も明らかに違います。白茶は少し白っぽく見えますし、青茶は生葉の青がそのまま残っています。ですから、御茶を点てた時に、茶碗《ちゃわん》の中に青が際立っていて、大変美しいのです。綸も青茶が大好きです」

　よしっと織部は言った。

　父の道意も穏やかな顔で見守っている。

「ただ、おじさま」

　綸は、得意げに付け加えた。

「私が思いますのに、青茶は白茶より、手間がかかります。それだけ腕の善し悪しが明らかになります。青茶は御茶師泣かせです」

「はっはっ、その通りだ。青茶は確かにひと手間かかる。かかるが、綸も申した通り、茶を点てた時の青さは白には出せぬ」

織部は言い、ふいに顔を引き締めると、

「綸、なぜわしが今日、こんな話を持ち出したのか、その事も伝えておかねばなるまいな。単にそなたに婿を迎えよ、家業に励めよということではない。そなたも知っての通り、関ヶ原で戦があってからすでに十四年の歳月が流れておる。だがいまだ世の中は不安定だ」

突然世情の話になって綸は身を固くした。

「実権は徳川さまが握っておられるとは申せ、秀頼さまの存在も大きくなってきておる。太閤殿下がお亡くなりになった時とは、ずいぶんと世の中は変わった。わしは案じておるのじゃ。徳川豊臣両家が手を取り合っていけばよいが、万が一また争いが起これば、この宇治は、その渦に巻き込まれる。だからこそ、今のうちに御茶師としての腹もくくり、力もつけておかねばならぬのじゃ」

「おじさま……」

綸は神妙な顔で頷いた。

「御茶師に油断は禁物じゃ。先年お家断絶となった森《もり》家の轍《てつ》を踏んではならぬ」

「森家の……」

と言って綸はぎょっとした。

森家というのは、上林家とこの宇治で双壁《そうへき》にあった御茶師である。いずれも宇治の御茶頭取、そして代官を務めていた。

ところが三年前、突然この宇治郷から森家は追放されたのだ。

代官としての知行地ばかりか、森家の茶薗まで取り上げられたその罪とは何だったのか、未《いま》だ謎《なぞ》だ。

宇治の御茶師のほとんどの者が、森家断絶の理由を知りたいはずだが、皆口には出さない。出せないでいる。

——前途は森家の断絶と紙一重の危うさの内にある……。

そういう事かと、俄《にわか》に胸に不安がよぎり、綸は血の気が引いた。

「少し脅かし過ぎたようだな、綸。だがな、思いがけない混乱がこの宇治に生じた時のことは覚悟しておかねばなるまい」

「……」

「婿の話も、その時の備えのひとつじゃ」

綸は、はっと織部を見た。

「無理強いするつもりはないが、お父上の話では、相手は上林家の清四郎というではないか。養子だと聞いているが上林一族の者には違いない。今この朝比奈家が上林家とつながりを持っておくことは、最大の備えとなるはずじゃ」

織部は綸の目を、ひたと見た。

「おじさまの言葉、肝に銘じます」

綸は、きっぱりと言った。

「よし、分かれば良いのじゃ、のう、道意どの……」

織部が相好《そうごう》を崩して道意に顔を向けたその時だった。

手代の利助が急ぎ足で現れて廊下に膝をついた。

「織部さま、お屋敷から急ぎの使いが参りました。すぐにお戻りいただきたいとのことでございます」

「何……」

織部は、ちらと家士の沢井甚十郎に視線を投げたが、その目には狼狽《ろうばい》の色があった。

「！……」

綸は織部の表情に驚いていた。

父の道意はと見ると、黙して何か覚悟しているように座っている。

――おととさまは、織部のおじさまが顔色を変えた理由を知っているのか――。

模糊《もこ》とした霧のむこうに、織部が案じている何か不安になるような事情が生じているのかと、綸は織部の顔を黙って見詰めた。

だが織部は、すぐに元の表情に戻すと、

「道意どの、お互いにもう年じゃ。無理はせぬようにな」

道意に見舞いの言葉を掛けて立ち上がった。

決意

一

「綸、茶の芽は、一日で大きく変わる。紙付けが遅すぎても早すぎてもようないのや」

道意は、綸が紙付けをする手元を見ながら言った。

早朝の覆下茶薗では、新葉の香りが立ちこめている。むせるほど濃厚だ。

その茶薗の中で、綸は毎朝、摘み子たちがやってくる前に、父から紙付けを教わっているのだった。

今日で五日目、ようやく綸の裁量で紙付けを許されたのだが、綸にとっては父と一緒に茶薗に入るのはこのたびが初めてで、父の言葉に耳を傾けながら、父との絆《きずな》を改めて知ることになった。

紙付けをする時に、綸は間近に父の息を感じ、手を取って教えてくれるその時には父のぬくもりを知り、過ぎた日に父の首にぶらさがって甘えたことを思い出していた。

同時に、紙付けひとつをとってみても、いかに父が茶葉育成に腐心してきたのか、厳しい目で吟味していく張り詰めた姿には、綸も心が引き締まるのを感じていた。

ただ、熱心に伝授してくれればくれるほど、綸は父の体を案じた。

道意は今、元気を装《よそお》ってはいるものの、茶薗で長い時間を立ち続けるのは無理ではないか。負担が大きくて又発作を起こすのではないかと、綸は内心はらはらしている。

今朝も番頭の藤兵衛から、

「旦那さま、私が代わります。お綸さまには私から……」

と、進言が終わらぬうちに、

「いや、わしが直接伝える。綸にはわしから伝えたい」

頑として聞き入れなかったのだ。

そこで藤兵衛は道意の供に、手代の利助と多七《たしち》をつけたのだが、二人は綸が紙付けを伝授してもらっている間、萌芽に虫がついていないか点検して回っている。

「おととさま」

綸は、紙付けをしていた手を止めた。

「ひとつお尋ねしてもよろしいですか」

「いいとも、何でも聞きなさい」

「おととさまは先ほど、この畑の茶の木は同じ年に種を蒔《ま》いた物だとおっしゃいました。それなのにこうして茶の葉の生育が揃っていないのはなぜなのでしょうか。同じ木の実からとった種ではないのですか。同じように世話をしてきたのではないのですか。萌芽の様子、葉の色など揃っていても良いはずなのに、何故このように違いが出るのでしょうか」

「綸、良いところに気がついたな。さすがはわしの娘じゃ」

道意は顔を綻《ほころ》ばせると、

「そのことが、この宇治の御茶師たちの悩みでな」

自身に言い聞かせるように言い、萌芽した芽を優しく撫《な》でながら、

「茶の葉の生育をそろえるために、種を採る茶の木は良質の物を選び、その種を同じ頃に蒔き、その後の世話も違わぬようしていても、成長した木を眺めてみると、これが同じ種から出来た物かと驚くことがある。萌芽の日も揃わぬ。噛《か》んでみると味も違う。まっ、考えようによっては、人間も両親が同じでも兄弟姉妹まったく同じということはないからの。仕方のないことかもしれぬが、綸が言ったように、同日に植えた一画一画のお茶が同じ勢いで育つならば、茶薗の仕事も楽になる。良い茶もとれるというものだが……」

「……」

人の知恵の及ばないものが、この自然界にはあるという事かと、綸が父の言葉を噛みしめながら茶薗を見渡したその時、

「うっ……」

突然道意がうずくまった。

「おととさま！」

父を抱き起こそうとしたところに、

「旦那さま！」

利助と多七が走って来た。

「早く！　玄庵《げんあん》先生のところに！」

綸は叫んだ。

紙付けはまだ残っているが、それどころでは無い。

父を両脇《わき》から抱きかかえた利助と多七と一緒に茶薗を出ようとした綸に、

「わしのことはよい。おまえは紙付けを続けるのじゃ！」

道意は痛みに耐えながら一喝した。

「でも……」

「続けるのじゃ！　もうすぐ摘み子がくる。お前は御茶師になるのではなかったのか！」

「！……」

綸は父の激しい言葉に、一瞬息が止まった。

利助と多七に抱えられて行く父を綸は見送ると、口を引き結んで紙付けを続けたが、不安は胸に広がるばかり。

父に何かがあれば、家族といえる者は文《ふみ》という祖母が一人。その文は、今京の蠟燭屋《ろうそくや》を営む実家に出向いている。

店を継いだ弟が病に臥《ふ》せったと聞き、見舞いに行ったのだ。確かに屋敷内には奉公人たちがいて朝比奈家に尽くしてくれている。番頭の藤兵衛もいる。利助や多七もいる。おしのもいるが、父の体があのようでは、自分がついていなくてどうするのだという思いが、払っても払っても胸を覆う。しかしその思いを振り払うようにして、初めて一人で紙付けを終えた時、綸の胸に思いがけない感慨が湧《わ》いてきた。

茶業のひとつひとつを実際に行ってみて初めて、自身の五感に刻み込まれるものだという事も、この紙付けをした事で、少しは理解できたように思えた。

まもなく茶薗の入り口が、女たちの声で賑《にぎ》やかになった。時を合わせるように、おとりを先頭に摘み子の女たちが茶薗にやって来たのだった。

綸は、おとりに後を頼んで茶薗を出た。

「作介《さくすけ》さま……」

綸は目を見開いて立ち尽くした。

なんと目の前に現れたのは、織部の茶道の弟子の中でも、織部が特に目を掛けている、小堀遠州《こぼりえんしゅう》だったのだ。

小堀遠州とは、慶長九年、今から十年前に父の死によって遺領一万二千石と備前国奉行、それに備中の松山城を継ぎ、後陽成《ごようぜい》院御所の作事奉行、駿府城《すんぷじょう》作事奉行の大役を果たし、慶長十三年に従《じゅ》五位下遠江守《とおとうみのかみ》に任じられ、今や能吏《のうり》と噂される三十六歳の人である。

小堀が織部の弟子となったのは十五歳の時、父親の新介《しんすけ》が六地蔵《ろくじぞう》に屋敷を構えていた頃だと聞いているが、綸が小堀と初めて会ったのは、関ヶ原決戦が終わった後、綸が七歳、小堀が二十二歳の時だった。

朝比奈家に貰《もら》われた綸は、たびたび木幡《こはた》の織部の屋敷に呼ばれて遊びに行っていた。

そこに当時作介、のちに政一《まさかず》とも呼ばれる遠州が茶道の教えを請《こ》いにやって来ていて、綸を年の離れた妹のように可愛《かわい》がってくれていた。

小堀は十九歳で藤堂高虎《とうどうたかとら》の養女を妻にしていたから、この時にはもう妻帯していた訳だが、綸は小堀がお茶を点てる際の立ち居振る舞いの美しさを、うっとりとして眺めていたものだ。

それがいつしか少女の恋心となり、以来綸は小堀を心の底から慕うようになっていた。

ところが小堀はその後出世して忙しくなり、近頃では織部の屋敷に通ってくることもなくなり、綸もしばらく会ってはいなかったのだ。

「綸どの、何を驚いているのだ。わしだ、小堀だ」

小堀は笑みをたたえて近づいてきた。

「おひさしぶりでございます」

綸は、高なる胸を押さえて言った。

「その後、織部さまとはお会いしているのか」

「ええ、数日前にお会いしました」

「そうか、実は綸どのに頼み事があって参ったのだ。屋敷に立ち寄ったら、こちらの茶園だと聞いてな」

「何でしょう、頼みというのは……」

いぶかしげに綸は小堀の顔を見た。

「うむ……」

小堀は辺りを用心深い顔で見渡すと、

「織部さまにお伝え願いたい。今はじっと、じっと動かぬが肝心。遠州がそう申していたと……」

小堀は険しい顔で言った。

「なぜ私にそのような事をお頼みなさいます」

綸は小堀を見返した。

「私は、お伺いしたいが時間がない」

「時間がない……ここから木幡のお屋敷まで目と鼻の先ではございませんか」

「綸どの……」

「織部のおじさまも、お顔を見せてさしあげたら、どんなにお喜びになるでしょう。つい先日も、わしが指南を授けた者のうち、遠州どのほど優れた御仁はおらぬ、末が楽しみじゃ。そのようにおっしゃっておられました」

「すまない、私も忙しくて……」

綸は小堀の言葉に、一瞬戸惑っていた。そして、

「昔はどんなにお忙しくても、足を運んでいらしたではありませんか」

怪訝《けげん》な顔で小堀を見た。

小堀は苦しげな顔になったが、言葉を探しているようだった。

「寸暇を惜しんで織部のおじさまに、秘伝のお作法の数々を熱心にお尋ねしていたではございませんか。それがここ二年余り一度も木幡にお見えになっていないというではありませんか」

思わずとがめる声になっていた。

小堀は綸の言葉に一瞬たじろいだ様子だったが、

「とにかく、今は参れぬのじゃ」

苦渋の顔で視線を泳がせる。

「木幡には行けぬ理由が何かあるのでしょうか」

詰問《きつもん》するように言葉を重ねながら、作介は変わった、と綸は直感した。

今度会ったら伝えたいことがある。会えるのを念じてきた綸は、肩すかしを

食らったような気持ちになった。

昔の作介は屈託がなかった。何の逡巡《しゅんじゅん》も感じさせない歯切れの良い振る舞いをする男だった。

宇治川に蛍《ほたる》が出ると、作介は綸を連れて蛍狩りに出かけたことがあった。

川縁《かわべり》の土手の茂みで、まるで人の目にたたぬようにと、お尻《しり》の火を、きらりきらりと遠慮がちに灯《とも》していた蛍を、

「許せよ、綸どのに見せてやりたいのじゃ」

そう断ってから、ひょいと手を伸ばして獲《と》り、綸が両手を使って籠《かご》のようにした手の中に入れてくれた事があった。

蛍は、綸の手籠の中で光を放ち、丸めた両手の指の間からは、柔らかな光が漏れ光った。

「きれい……作介さま、きれい……」

綸が喜びの声を上げると、

「綸どの、良いことを教えて進ぜる。この蛍に願い事を託して飛ばすと、叶《かな》うというぞ」

「ほんとう！」

綸の目が輝く。

「本当だとも」

「綸は初めて聞きました」

「何、わしが作った話じゃ」

綸は笑い転げた。

――どこにもない幸せがここにある……。

織部のおじさまも知らない作介さまと二人だけの時がここにあるのだと、綸はこの時思ったものだ。

「飛んでいけ！」

綸は、両手を広げて蛍を飛ばした。

この時綸は、ひそかに、蛍にこう願っていた。

――作介さまに私の気持ちを伝えてください……。

この頃の綸は、もう子供では無い。十五歳になった初夏の頃だ。

作介には正妻がいて側室もいることを知っていたが、会うたびに傾斜していく心をどうしようも無かった。

御茶師になるなどという事も、また、朝比奈家を継ぐなどという事も考えていなかった頃だから、愛妾《あいしょう》の一人になってもかまわないと、道意やおばばの文が聞いたら腰を抜かすようなことを考えない訳ではなかったのだ。

しかし次第に自分の置かれている立場を考えるようになってからは、せめて作介が自分のことをどのように思っていたのか、それだけは知りたいと思うようになっていた。

むろんその気持ちというのは、私を憎からぬ人と思っていたと……いやいや、愛《いと》おしい人だったと言ってほしいと、願望は膨らむばかりだったのだ。婿取りの話を促されてから、さらにその思いは強くなっていったように感じている。

そのような綸の気持ちを、小堀は汲《く》むことも出来ぬのか、

「では……綸どのも達者でな」

小堀は綸の顔をひたと見たのち踵を返した。

「遠州さま！」

綸はその背を呼び止めた。また何時《いつ》会えるか分からない気がしたのだ。綸はゆっくりと歩み寄ると、

「そう遠くない頃に、私は婿をとります」

小堀の目を見詰めて告げた。

「婿を……」

小堀は一瞬面食らったように見えたが、

「で、誰なのだ、その婿どのは……」

いたずらっぽい目を作って訊《き》いた。

「上林家の、清四郎さん」

「おう、あの御仁がな……なるほど、朝比奈家も安泰という訳じゃな、めでたい事じゃ」

「本当にそのように思ってくださるのでしょうか」

綸は、きっと見た。

「綸どの……」

「綸は、私は、人の妻になる前に、遠州さまにお伺いしたいことがございまし

た」

「私に……」

小堀の目が泳いだ。追い詰められたような、切ないものがその目によぎった。

「でもよします」

綸は、冷めた声で言った。

「綸どの……」

「今私は、遠州さまをとても遠くから見ているような気がしています。木幡で、たびたびお会いした時の作介さんとは違う御方を見ているようです」

「……」

「綸は……私は……」

綸は不覚にも声を詰まらせた。

「綸どの」

小堀は綸の言葉を遮るように綸の手を取ろうとして止《や》めた。

「綸どのは、朝比奈家を継ぐ人だ」

小堀は言った。そして綸の感情を押しとどめようとするように、首を横に振ってみせた。

綸は、そんな小堀の顔を見詰めたまま、後ずさりした。

歯を食いしばった次の瞬間、綸は小堀に背を向けると、小走りにそこを後にした。

あふれてくる涙をぬぐいながら、綸は足を速めた。

二

屋敷に戻った綸は、まっすぐに父の部屋に向かい、すぐに枕元《まくらもと》に膝をついた。

父は眠っていた。

両脇で医師の玄庵と女中頭のおしのが見守っていた。

「今は薬で眠っておる」

玄庵が言った。

「先生、おととさまの容体は……治りますね、きっと」

「ふむ」

玄庵は大きく息をつくと、おしのに父の見守りを頼み、

「別の部屋をお借りできるかな」

玄庵は膝を立てた。

綸は、茶室の寄付《よりつき》（控えの間）に玄庵を誘った。

「綸どのには本当のことを告げておかねばなるまいな」

玄庵は座るとすぐにそう言った。

不安が綸の胸を駆け抜ける。息を殺すようにして玄庵の顔を見ると、

「道意さまのお命、この夏を越せるかどうか……」

玄庵は難しい顔をして言った。

「おととさまが……この夏を越せるかどうか……そんな馬鹿《ばか》な、いったいおととさまは、何という病気なのですか」

綸が驚いて聞き返したその時、

「綸！……」

旅姿の祖母の文が入って来た。

「おばばさま……」

文は、力尽きたようにそこに座ると、

「いったいどうしたのじゃ。今道意どのを見て参ったが、母の私の声も聞こえぬほど眠りこけておる。見ておられぬ。玄庵どの、このばばにも倅《せがれ》の病、話してくだされ」

玄庵は頷くと、綸と文を前にして告げた。

「道意さまの腹には、何か悪いものができているようじゃ」

「腹に……それで痛みに襲われたのですか」

綸が尋ねると、

「綸、おととさまは腹を痛がっていたのかえ」

文がすかさず訊く。

「はい……」

綸は、今朝茶園で父に起きた異状を文に話した。

「なんてことだ」

文は膝を拳《こぶし》で強く打った。

「昨年でしたが、似たような病を見ております。その者は、痛みが来てから長くはもたなかった……」

玄庵は静かに告げる。

「どのようにしてあげたら良いのか、玄庵どの、教えてくだされ。このばばの命と引き替えに倅の命が助かるのなら、ばばはここで命を投げ出しましょう。しかし、それがかなわぬというのなら、どんな事でもしてやりたい。教えてくだされ、玄庵どの」

文は、覚悟の目で玄庵に訊いた。

一見気丈に見えるが、文の声には、かすかに動揺が見える。

「おばばどの、私もできる限りの手当をしてみます。驚かせてしまいましたが、なあに、病がこの先どうなるかは、正直医者にも分からぬのです。先ほど夏を越せぬかもしれぬと申しましたが、人の体というものは、医者には想像もつかぬような事を起こすものです。もうだめだと思っていた人間が、なぜか治ることだってある」

玄庵は文を労《いたわ》った。そして薬の煎《せん》じ方など子細に告げて帰って行った。

綸は玄庵を玄関まで見送った。

屋敷の中に満ちる碾茶《てんちゃ》を製する緊張と喧噪《けんそう》と茶の香りを全身でとらえながら、

綸は玄関から引き返す。

——よりにもよって、御茶師として一番大事なこの季節に倒れるとは……。

さぞかし父も無念だろうと、胸ふさがる思いで文の元に戻ると、文は部屋の中で身じろぎもせず呆然《ぼうぜん》と座っていた。

その背中に、障子窓から差し込む弱い光が当たっている。

常日頃、きりりと背をのばし、明るく奉公人たちを激励してまわる文が、力なくうなだれている。

綸は思わず佇《たたず》み、文の背を見遣《みや》った。

御茶師の家の刀自《とじ》として、使用人をさばいてきた文は、滅多なことでは動揺や弱みを見せる事のなかった人だ。

その文の背が急に小さくしぼんだように見えたのは、今日が初めてだった。

「おばばさま……」

綸は、わざと足音を立てて部屋に入った。

「綸……」

振り返った文の表情は今さっき見た悄然《しょうぜん》としたものではなかった。文は何かを決した表情で綸を手招きした。

「朝比奈家のばばとして、そなたに申しておきたいのじゃ」

綸にここに座れと促した。

文の目の光は強く、口を引き結んでいる。医師から父の病を告げられたあとだけに、文が何を話すのかと綸は緊張して座った。

「よいか、よく聞くのじゃ。そなたに、この朝比奈家のなりたちを伝えておきたい」

文はそう切り出すと、綸の顔をじっと見て話を始めた。

「わが先祖は、藤原頼道《よりみち》さまがお建てになった平等院の候人《こうにん》だったのじゃ」

「候人……」

綸は呟《つぶや》く。

候人とは門跡《もんぜき》や諸大寺に仕えた侍法師で、朝比奈家の先祖の場合は、平等院の領地の管理などもしていたのだ。

「平等院創建当時から、わがご先祖さまは、そのお役目を務めると同時に、この宇治の地を守り、御茶の生産を手がけてきた。足利将軍の庇護《ひご》のもと、茶薗を営んできたのじゃ。ところが、信長さまと将軍義昭さまが戦いを始めた。足利義昭さまが槇島《まきしま》城に逃れて参られた時、この宇治の御茶師たちは槇島城に馳《は》せ参じたのじゃ」

「その話、おととさまから聞いたことがあります。御茶師も戦《いくさ》に駆り出されたのだと」

「当然の事じゃ。足利将軍家の庇護があって宇治の茶園は発展したのだ。だから城に立てこもった義昭さまを御茶師たちは守ろうとしたのじゃ。だが、あっという間に槇島城は落ちた。そして馳せ参じていた御茶師たちは、皆この宇治から追い出されたのじゃ」

綸は息を詰めて、文の言葉を聞き入った。

文は話を続けた。

槇島城に駆けつけた茶師たちは、一度は宇治を追い出されたが、まもなく近《この》衛《え》家のとりなしで、宇治の地に戻ることができた。

そして宇治に戻った茶師たちを統率したのは、近衛家や禁裏と近しい宇治平等院坊官家《ぼうかんけ》の御茶師、森彦《ひこ》右衛《え》門道言《もんどうげん》だったのだ。

坊官家も候人と同じく寺院の家政に代々たずさわる家のことだ。

「おばばさま、その森家というのは、先年に宇治を追放となった、あの森家のことですね」

「そうじゃ」

文は険しい顔で頷《うなず》くと、

「森家はのう、信長さまから三百石の知行を賜り、宇治に戻ってきた御茶師たちの頭取として仲間をまとめてこられたのじゃが、太閤《たいこう》さまの時代になると、上林家が頭角を現した。関ヶ原以後は、宇治は上林家が御茶師の頭取となったのじゃ。今は綸も知っての通り、この宇治郷のお代官さまじゃ」

「上林家も宇治の坊官家か候人家の出なのでしょうか」

綸は聞く。婿《むこ》の話が出た時から上林家のことは気になっていた。

「いや、上林家は清和《せいわ》源氏《げんじ》の流れをくむ丹波の豪士だったようじゃ。槇島の戦いの頃からか宇治に参られたのじゃ。御当主徳順《とくじゅん》さんのお父上で、先年亡《な》くなられた掃部丞久茂《かもんのじょうひさもち》さまの時代じゃな。財力も才覚もあった掃部丞さまは信長さまからも知行を与えられていたし、本能寺の変が起こった際には、間道を通って三河に帰国しようとしていた徳川さまを、近江の信楽《しがらき》まで先導したのじゃ」

綸は頷いた。徳川の世となった今、上林家の興隆が窺《うかが》える話である。

「その事があってから、上林家はこの宇治で、ぐんぐん力を付けていったのじゃ。ご兄弟もそれぞれ家を立て、特にご兄弟のうち四男家は、慶長五年の伏見城の戦いに籠城軍《ろうじょうぐん》として参戦し、徳川方と共に討ち死になされた。この出来事も、徳川さまのお気持ちを強く引きつけることになったのじゃな」

「おばばさま、おばばさまがおっしゃりたい事は、御茶師は油断なく世の動きを見抜け、そういうことですね」

「そうじゃ。そしてもうひとつ忘れてならぬのは、格式を持った家柄であるという事を忘れてはならぬ。分かるな」

「はい」

「今や小大名やお旗本と同じように、御茶師は代替わりの折には、必ず将軍さまにご報告しなければならぬ。綸が婿をとって朝比奈家を継承するとなれば、将軍さまに拝謁《はいえつ》して、ご報告を申し上げ、お許しをいただかなければならぬ。

そういう家柄だということじゃ」

「そのこと、綸は知りませんでした」

「何、今まではそれでよいのじゃ。ただこれからは、そうはいかぬ。お前さんはこの家を継ぐただ一人の人」

綸は、文の目を見詰めた。

「婿をとるのは嫌じゃなどという事は、このばばが許さぬ」

「婿は貰います」

「ばばは知っているのですよ。綸の心に誰が住んでいたのか……」

「！……」

「ならぬ話だ。許されることではない」

「おばばさま……」

「隠さずともよい。このばばも歳《とし》はとっていても女に変わりはない。女の気持ちは言わずとも分かる」

綸は、文から視線を外した。文には本当に何でも読まれてしまいそうだと思ったのだ。

「よいか綸。織部さまがそなたをここに連れて来た時、父上は、この家を継ぐのは綸しかいないと決めておられた」

「なぜ……亡くなったおかかさまに、お子が生まれなかったからですか」

「それもある。だが、それだけではあるまい。ばばもあずかり知らぬことじゃが、父上はそう決めたのだ。男同士の約束ごとじゃ。詮索《せんさく》は必要ない」

　きっぱりと言った文に、綸はそれ以上詳しく尋ねることは出来なかった。すると文が付け加えた。

「何故《なぜ》決めたか、それは綸が、朝比奈家を継ぐにふさわしい娘だったからじゃ」

　綸は黙って文を見詰めた。

「だからお前さんには、婿を迎えてこの朝比奈家を継いでもらわねばならぬ。綸の定めじゃ。今日を限りに心を決めるのじゃ。ばばもな、命がある限り綸を支えるつもりじゃからして……」

　文は綸の手を握りしめると、綸の目をきっと見詰めた。

綸は華麗な衣装を脱ぎ捨てた。

小袖《こそで》は父の着物をおしのに縫い直させて袖を通した。帯は濃い紫色の九州肥前の名護屋《なごや》帯《おび》、これは養母以与の遺品である。

「綸さま、とてもお似合いでございますよ」

着替えを手伝っていたおしのが、綸の凛々《りり》しい姿に目を細めた。

「父上の袴《はかま》を……」

綸はみだれ籠に用意してある父道意の袴を指した。これは御茶精製の時に着けるもので、裁付袴《たっつけばかま》によく似ている動きやすい袴だ。

おしのが手伝い、綸は袴を着け終わると、

「どうかな、おしの……」

綸は両手を広げておしのに問うた。

「はい、どこの殿御かと見まがうほどです」

おしのは微笑《ほほえ》んで言った。

よしっと綸は頷くと、

「おしの、今日から綸はおととさまとは呼ばぬぞ。父上と呼ぶことにした」

「はい、奉公人一同も、皆さま、綸さまがご立派に御茶師としてこの家をお継ぎになることを期待しております」

「その分綸は父の側《そば》にいてやれぬ」

「お任せくださいませ。私はこの朝比奈家に奉公に参りまして、かれこれ二十年になります。家の中の隅から隅まで心得ていますから」

「父上のことはむろんだが、おばばさまのことも頼みたい」

「承知しております」

　おしのは頭を下げた。

　母の以与が亡くなってから、父の世話はもっぱらおしのがやってきた。女中頭としてのおしのの働きは、誰もが信頼を置くところである。

　綸は扇子を帯に差し挟み、部屋を出ると、まずは蒸し場に向かった。

　摘み子が摘んだ生葉は茶薗から直ちにここに運ばれて来る。そして大きな籠に移して重さを量り、埃《ほこり》や蝕《むし》ばまれた芽を撰《よ》り子《こ》と呼ばれる女たちが取り除くと、生葉を蒸すために隣室の蒸し場と呼ぶ部屋に移される。

　生葉は摘むと同時に発酵を始めて劣化するから、特に蒸し場に運ぶまでは戦争のような慌《あわ》ただしさだ。綸が撰り子のいる板間に入っても、撰り子たちは夢中で手を動かしていて、綸に気付かないほどだ。

綸は黙って皆の働きを見渡した。

撰り子の部屋は、生葉のむせるような香りが充満している。

幼い頃から茶葉精製の部屋部屋を綸は何度も見て回っているが、それは面白半分興味半分だったから、精製の過程を熟知している訳ではない。

今日初めて、御茶師として作業のひとつひとつを見分するのである。

綸は、緊張の面持ちで、次は蒸し場に入った。

刹那《せつな》、綸は蒸籠《せいろう》を持って小走りする若い女とぶつかりそうになった。

「あぶないじゃないか！」

綸は怒鳴られるが、次の瞬間、綸と気付いた若い女は、

「すんまへん」

ぺこりと綸に頭を下げて、隣の部屋に駆け込んで行った。

綸はあわてて隅の方に寄った。御茶師になるなどと言って身なりは整えたものの、現場の目がまわる忙しさなど頭の中になかったとは、鼻の先をへし折ら

れた気分だった。綸は気持ちを立て直して見分していく。先の若い女が持っていた蒸籠には、蒸し上がったばかりの蒸芽が入っていたのだが、これを隣室の冷まし場で涼し籠に移し、大勢の女たちが大団扇《おおうちわ》を使って大急ぎで蒸しの熱を冷まさなければならないのだ。

「これはお綸さま……」

　綸が蒸し場の大時計の前に歩み寄ると、時計の前で蒸し時間を計って号令を掛けていた三之助《さんのすけ》が頭を下げた。

　大時計の高さは優に三尺もあり、年中時計掛りがネジを巻いて、止まらぬよう気遣っている。秀吉の時代に南蛮から買い入れた物。均等な蒸し加減を維持するためには、今や無くてはならないものとなっている。

「三之助、ひとつ聞いてもよろしいですか」

「はい」

　三之助は、控えていた与七に掛りを頼むと、なんでしょうかと綸に尋ねた。

「雨の日に摘んだ御茶と、晴天の続く日に摘んだ御茶とでは、蒸しの時間は違えているのだね」

「はい、おっしゃる通りでございます。なかなかその加減が難しくて苦労しております」

「すると、青茶を製する時の湯引きの時間も厳格に計っているのじゃな」

「はい、さようです。御茶師の家々で、蒸しの時間、湯引きの時間は微妙に異なっていると思います。御茶師の腕の見せ所でございます」

綸は蒸し上がった茶の葉を手にとって嗅《か》ぎ、その蒸し具合を確かめた。

三之助の目は、綸がなんと言うのかと、じっと見詰めている。

「いいかおりだ」

綸がお茶から顔を上げて笑みを送ると、三之助はほっとした顔で頭を下げた。

綸は次に冷ましたお茶を乾燥させる焙炉場《ほいろば》に向かった。

焙炉場は二階にある。二階の廊下には番頭の藤兵衛が待っていてくれた。

「ご案内いたします」

藤兵衛は言った。

「私を何も知らない者として説明を頼む」

綸の言葉に、藤兵衛は神妙に頷いた。

すぐに、炉元《ろうもと》と呼ばれる焙炉師の頭領、源蔵《げんぞう》を紹介してくれた。源蔵は名を名乗ったのち、

「ご存じだと思いますが、焙炉場の仕事は、大変重要な所です。酒造りには杜《とう》氏《じ》という役目の者がおりますが、焙炉師はそれに似ております」

源蔵は、廊下から見える部屋の中を指して言った。

目の前の焙炉場には六つの焙炉が置いてあり、焙炉師と呼ばれる者がそれぞれ一人ずつ付いていた。

焙炉師たちは、袖無しの丈の短い仕事着一枚をひっかけて、白い三尺帯を締め、鉢巻き姿で熊手《くまで》状の割竹でこしらえた「ネン」とか「サラエ」とか呼ぶ道具を手にしている。茶の葉を均等に乾燥させるために、この道具で機敏に一枚一枚の葉を動かしているのである。

綸は、廊下からその様子をじっと見詰めた。

この場所は熱気が廊下まで充満していることから、子供の頃には近づかないように注意されていた。だからこれまで、長く立ち止まってながめる事も詳しい説明を受けたこともなかった。

「綸さま、先に階下の作業場で蒸し葉を冷ましているのをご覧になったと思いますが、冷ました後は、この二階に運ばれてきます」

源蔵は順を追って説明した。

運ばれてきた蒸し葉は焙炉に掛けて乾かすのだが、その焙炉は縦が六尺（約百八十センチ）、横が三尺（約九十センチ）、高さは人の腰丈ほどの木の枠で作られたもの。

天井にあたる部分には竹を掛け渡し、その上に割り竹を編んだ焙炉《ほいろ》籠《ご》という網を掛け、さらには強靭《きょうじん》な仙花紙を二枚重ねたものを網の上に載せ、焙炉一面に敷いてある。

焙炉師は、朝早くに藁《わら》を燃やして炭に火を付け、その炭を焙炉の中で熾《おこ》し、冷ました茶葉が運ばれてくると、炭火で熱くなった仙花紙の上に広げて、ネンやサラエで葉を踊らせるようにして乾かして行く。

「ですがこれが、なかなか大変でございまして、焙炉の側に立てば分かりますが、炉の炭火で部屋は大変な熱気に包まれておりまして、その中で作業するのです。碾茶というのは、葉は揉《も》みませんから、葉は開いたまま乾かさなければなりません。葉を傷つけないように乾かすには、長年の修業が必要なのでございます」

源蔵がそう言うと、今度は藤兵衛が、乾燥途中の茶の葉を綸の前に差し出して言った。

「焙炉の乾燥も一度で終わる訳ではございません。これは一段階目の乾燥を終えた茶の葉でございますが……」

綸は手に取って、感触を確かめ、ここでも香りを確認した。

藤兵衛は説明を続ける。

「焙炉師は全員、源蔵さんの元に集まった人たちです。部屋の温度が高く、時々交代しなければ体が持ちません。源蔵さんの声を頼りに交代するわけですが、碾茶の香りや色や味を決定づけるのはここの作業ですから、気の抜けない仕事なんです……」

綸は頷き、二度目の乾燥はどこでやっているのかと聞くと、藤兵衛はひとつ奥の部屋を指し、

「あちらで二度目の乾燥をするのですが、さらに最後の仕上げの乾燥として、

練乾燥の焙炉もございますので……」

それはあちらだと、また別の部屋を指した。

「すると、焙炉は練りも含めて、今何挺《ちょう》でやっているのですか」

綸の問いに、藤兵衛は焙炉場四部屋を手で指し、

「この二階には、三十挺置いています」

と誇らしげに言った。

二階にある製茶の作業場は、これだけではない。焙炉場で乾かした茶の葉を選別する茶撰りの部屋が四部屋あり、大勢の女たちが乾燥した葉の選別を行っているのだった。

「白茶と青茶では、乾かす時間も違うのですね」

これも綸は念を押す。

「はい」

源蔵は綸の尋ねに頷くと、

「しかし、綸さまが見回りをなさるとは、私ども焙炉師も気合いが入ります」

嬉《うれ》しそうに笑った。その時だった。

「お綸さま、旦那《だんな》さまがお呼びです」

おしのが呼びに来た。

三

綸はすぐに父の部屋に急いだ。

「綸、こちらへ……」

待っていたのは祖母の文と、布団《ふとん》から半身を起こして座っている父の道意だった。

父がまた発作でも起こしたのかと案じていたが、綸はほっとして父の前に座った。

「どうだ、藤兵衛から聞いたが、ずいぶん頑張っているそうじゃないか」

道意は嬉しそうに尋ねた。

「いえ、一人前の御茶師になるには時間がかかりそうです。父上には元気になっていただいて、綸をお導きください」

道意は文と顔を見合わせると、

「嬉しいことじゃ。綸からそのような言葉を聞くとはの」

目を細めた。

「父上……」

綸は頬を膨らませた。からかわれているように思ったのだ。すると、

「まあまあ、綸や。父上は喜んでいるのじゃ」

文がそう言うと、今度は道意が、

「本来なら綸の手をとって、すべての工程を教えてやりたいところじゃが、このようになってはの……」

ちょっと寂しそうに苦笑した後、道意は綸の前に、綴《つづ》った書き物五冊を置いた。

表紙には『御茶日記』とある。

「これは……」

綸は綴りから目を上げて、父の顔を見た。

「わしが長年書き継いできたものだ。お茶の種をまき、葉を茂らせるまでの生育日記だ。また碾茶生産の心覚え、壺《つぼ》に詰めて出荷するまでの記録、朝比奈家

の得意先、禁裏や公家《くげ》、将軍家、お大名、旗本……こちらは御家老衆なども含まれておるがその一覧。そしてこちらは、京大坂の豪商、茶人の皆様など、一般のお客様の名と所が書いてある。最後のこの一冊には得意先の方々の、どのお方に、盆と正月にどのようなご挨拶《あいさつ》をしたら良いのか、贈り物はどなたにどれぐらいの何をお送りしたら良いのかと、それぞれにまとめた物だ」

綸は、顔を引き締め、目を見開いて聞いている。

「綸、いわばこの綴りは、朝比奈家の財産だ。代々の当主が遺《のこ》してきた知恵や教訓もここには詰まっている。地震火災水難に遭った時には、まずはこれを守ること、何にも代えがたい物じゃ」

「はい……」

「本日これを、綸に預ける」

「私に……」

「そうだ、綸が御茶師として立ち、新たに見いだした事があれば、さらにこれに書き加えよ」

綸は、畏《おそ》れをもって御茶日記五冊を引き寄せた。

ずしりと重たい。綴りの重たさだけでなく、先祖代々受け継いできた朝比奈家の熱い想《おも》いが込められているのだ。

「もうひとつ、綸に言っておきたいことがある」

道意の声に、顔を上げると、

「わしの目の黒いうちに、清四郎さんを迎えてくれぬか」

綸は、思わず下を向いた。

「お前は不服かもしれぬが、この家の後を継ぐ者は、同時に前途にも責を負わねばならぬ。未来永劫《えいごう》この朝比奈家が存続するように努めなければならぬのだ」

病の床からの言葉である。綸は嫌だとは言えなかった。ただ目の前の畳を睨《にら》むばかりだ。

「これはわしの勘だが、豊臣家と徳川家の間において、もう一波乱あると考えている」

「まさか……父上は両家の間で、また戦があると、そうおっしゃるのですか」

綸は顔を上げて訊いた。

道意は、はっきりと頷いた。

「そう遠くないうちにな。そうなった時、朝比奈家はどうするのか考えておかねばならぬ。綸、一家を束ねる御茶師になるとは、そういう事だ」

綸は驚いていた、心の臓は激しく打っていた。戦いが起きた時、自分に家を守れるのか。また小堀への想いをどうやって断ち切ればよいのかと、不安や戸惑いが頭の中で交錯していた。

「綸！」

文の声に、はっと我にかえった綸は手をつくと、

「父上のお言葉、お約束いたします」

きっぱりと告げた。そしてさらに、

「綸もお願いしたいことがございます」

父の目をとらえた。

「父上にはお元気になっていただいて、今しばらく、綸をご指導くださいませ」

「むろんだ。お前を一人前の御茶師にせずに死ねるものか。婿どのにも、この

朝比奈家の法を伝えなければならぬからな」

道意は目を細めてそう言った。

「それと、もうひとつ、父上にお聞きしたいことがあります。森家没落のことですが、原因は何だったのか教えてください」

「さあて、それじゃが、三年前のことじゃ。宇治川の土手で百姓二人が殺されているのが見つかった。ところがその下手人は森家の奉公人だと、京都所司代の板倉伊賀守《いたくらいがのかみ》に訴えた者がいたのだ。まもなく下手人が捕まって処刑されたというのだが、分かっていることは、それからまもなく森家は宇治を追放になったという事だけじゃ。果たしてそれが原因だったのか、他に何かあったのか、真相は藪《やぶ》の中じゃな」

「すると、誰もその真相を代官の上林家に尋ねることもなく……」

「綸や、この話はここだけにしたがよかろうよ」

「火の粉が飛んでくるということでしょうか」

「綸に言っておきたいのは、時の権力に睨まれたらおしまいだということだ」

「父上、綸は納得いきません。何が善で何が悪か、はっきりしない世の中なんて」

「それはな、時によって、善は悪になり、悪は善になる」

綸は大きくため息をついた。病床の父親に反論したところでどうなるものでもないが、

――清濁《せいだく》併せ呑《の》むことも必要だということか……。

憮然《ぶぜん》としていると、

「綸、お前も今に分かるようになる」

道意は苦笑し、綸を労るように見た。そして思い直したように、

「それとな、すまぬが一つ使いを頼みたい」

綸の前に書状を置いた。

宛名《あてな》は、古田織部となっていた。

柴舟

一

――あっ、チチが鳴いている！

木幡の織部邸を訪ねた綸は、門を入ったところで足を止めた。

チーチク、チーチーとかわいらしい鳴き声を発しているのは、織部が飼育している『チチ』というメジロだ。

すると、ピールリ、ピールリと別の鳥の澄んだ声が聞こえた。

――あれは……ルリだ。

綸は、玄関に向かっていた足を、木立の方に向けた。

ルリというのは、オオルリのことで、毎年春夏の頃に、チチの声に誘われてやって来て木立で鳴く。

チチもルリも、綸が名付けた。

久しぶりに聞く織部邸での鳥のさえずりに、綸は瞬時にして子供の頃に戻っていた。

朝比奈家の屋敷だって結構な広さだが、御茶を製する場所を要するために織部邸のような木立は少ない。

この織部邸は年中鳥たちがやってきていて、お茶室でお点前《てまえ》をしていても、鳥の声に聞き入って手元がおろそかになり、織部に注意された事もある。

ここしばらく御茶師への道を模索することだけに専念していた綸だ。久しぶりにもみじの木の青く茂る梢《こずえ》に鳥の姿を探していると、

「これは綸どの」

背後から声がした。

振り返ると、古田家の家士、沢井甚十郎が立っていた。

「すみません。ついあの声に気をとられて……」

綸は梢に視線を流して笑顔で言った。

「チチもルリも毎年元気に鳴いていますよ」

甚十郎も笑った。

赤銅《しゃくどう》色の肌を持ち、彫りの深い顔立ちで、おまけに剣豪だと聞く甚十郎は、いつも難しい顔をして織部に従っている。

その甚十郎が屈託無い顔で笑うと、評判とは違って人が良さそうに見えるのが不思議だ。

「おじさまはご在宅でしょうか。実は父から文を預かって参りました」

綸が改めて告げると、

「旦那さまは今朝京のお屋敷に向かわれました」

というではないか。

「何時《いつ》お戻りに？」

「近衛さまにお会いしたら直《す》ぐに戻ると仰《おお》せでございましたから、二、三日のうちには戻られます」

「では、お帰りになられましたら……」

綸は甚十郎に父親から預かってきた書状を手渡した。

「確かに……で、お父上のご病状は？」

甚十郎は案じ顔で訊《き》く。

「はい、おかげさまで落ち着いております」

綸は礼を述べたのち、

「もうひとつ、伝言がございますが、おじさまにお伝えくださいますでしょうか」

綸の顔には、もみじの枝葉の間からこぼれ落ちてきた光が、揺れている。

「この伝言は小堀さまからでございますが……」

甚十郎の目が、ぎらりと光った。

「今はじっと、じっと動かぬが肝心……と、そのように伝えてほしいと」

「ふん」

甚十郎は突然不快な表情になり、吐き捨てるように言った。

「変節漢《へんせつかん》ですよ、あのお方は……」

「！……」

「綸どのもご存じでしょう。あれほどここに足繁《しげ》く通ってきていたお方が、もう二年近く、こちらにもどちらにも参ってはおりません」

どちらにもというのは、織部は屋敷をいくつも持っているからだ。

この木幡は下屋敷で、伏見に上屋敷、京にも屋敷がある。そのどこにも小堀は姿を現していないと甚十郎は言うのだった。

「あのお方の舅《しゅうと》どの、藤堂高虎さまは今や大御所家康さまのご寵愛《ちょうあい》を受けていると聞いておりますが、大御所さまが秀頼さまを疎《うと》んじられていることを知り、秀頼さまのこの先を案じて徳川家との歩み寄りを取り持とうとしているうちの殿には近づきたくない。だから小堀さまも舅の藤堂さまに倣《なら》っているのだと思われます」

甚十郎の憤懣《ふんまん》は収まらなかった。

「沢井さま、すると、おじさまは大御所さまに嫌われているのでしょうか」

綸は急に心配になってきた。

なにしろ織部の父親は、太閤秀吉がみまかられた時に、追い腹を切ったほどの忠誠心を持った人。徳川家からみれば心地よい話ではない。

今の世の情勢を垣間見《かいまみ》るに、そのような父親を持った織部は、徳川方にとっては警戒すべき人物として見られているのかもしれないのだ。

「いや、嫌われている訳ではないと思うが……」

甚十郎は曖昧《あいまい》に否定した。

「うちの殿は将軍秀忠さまのお茶道指南でございます。秀忠さまがどれほど殿を大切に思っておられるのか、誰もが知るところでございます。それに、確かに殿は、大坂のことは常に気を揉んでおられますが、あくまでも徳川に与《くみ》する立場をとっておられます。ただ、藤堂さまも小堀さまも機を見るに敏なお方と聞いておりますので、自身を守ることがなにより大事、深読みをしてこちらに近づかないのかもしれません」

綸は言葉を失った。近年の小堀の態度に疑念を持っていた綸である。甚十郎の話は胸の中で密《ひそ》かにあたためてきた小堀への思慕を一気に打ち砕いた。

「綸どのもお聞きになった事があると思いますが、うちの殿は、利休さまが切腹なさるまで、師と仰いでおられました。たとえご自分の立場が不利になろうとも、茶人として、武士として、男として、義を重んじてきた立派な方です。小堀さまのような姑息《こそく》な態度は、けっしてとったことはございません」

甚十郎の怒りに恐れをなしたのか、チチとルリの声が止《や》んだ。

綸は屋敷に上がらずに踵《きびす》を返した。

——茶薗にも御政道《ごせいどう》にも、何か得体の知れないものが、ひたひたと近づいてきているような、そんな不安に綸は襲われていた。

「清四郎さん……」

宇治橋まで戻ってきた綸は、橋の西袂《にしだもと》で数人の少年たちが殴り合いをしているのに気づいたが、そこに止めに入った男を見て驚いた。

その男はだれあろう、朝比奈家の婿にと聞いている上林家の清四郎だったのだ。

綸は、急いで橋を渡っていった。

喧嘩《けんか》は三人の少年が一人の少年を地面に倒し、馬乗りになって殴っているのだった。

殴っているのは、この宇治の町の少年たちで、殴られているのは薄汚れた麻の着物を着た柴舟《しばふね》の少年だった。

柴舟というのは、宇治の町の人たちが竈《かまど》にくべて使う柴を運んでくる舟のことで、貧しい山間部の農民たちが柴を売って銭を手に入れるためにやって来る。

だから町の少年たちとは、暮らしや身なりにおいて雲泥《うんでい》の差がある訳だが、そのことが、子供たちのいじめに繋《つな》がっているのだろう。

「やめろ！……弱い者いじめをすると俺が許さんぞ！」

清四郎は柴舟の少年に馬乗りになって殴っている三人の少年の襟を摑《つか》んではひっぱりあげて、一人一人柴売りの少年から剝《は》がしていった。

「何するんや、こいつは生意気なんやで、懲《こ》らしめてやらんとあかんのや」

町の少年が清四郎にくってかかった。

「どこが生意気なんだ、言ってみろ」

清四郎は三人に質《ただ》す。

綸は、そのやりとりを聞きながら、ぐったりとなった少年を抱き起こし、腰に付けていた竹の水筒の水を飲ませた。

「くっ……」

少年の目から大粒の涙がこぼれ落ちる。そして、

「ゆきが……ゆきが……」

きょろきょろと辺りを見回す。

「ゆき?」

「おいらの妹、うさぎのゆきや」

少年は、痛みに耐えながら這《は》いずり回って探している。

側で町の少年たちが清四郎に訴えている。

「あいつが持ってる白うさぎをよこせて言うただけや、そしたらこれは誰にも渡さへんて、生意気なんやあいつは」

「しょうがないだろう。あの子のうさぎなら」

「あいつは柴売りや。あいつが持ってくる柴は、この町の者が買うてやってるん。そやから頭を低くしろて言うたんや。そしたら、お前たちに頭は下げられへんて」

「お前たちが悪いな」

清四郎は、三人の顔を一人一人睨んだ。

「柴が無ければ飯は炊《た》けぬ。柴を売ってもらわなかったら、どうなる……どちらかが頭を低くしろなどとおかしな話や。皆互いにどこかで助け合うて生きているのと違うか？」

「ちぇ、清四郎さんにしかられるやなんて、思うてもみなかったよ」

男の子の一人が舌打ちをした。

宇治を預かるお代官の家の者だと、子供たちも知っているのだ。

「ぐちぐちいわずに謝れ！」

「分かったよ、おい」

一人の少年が二人を促し、

「わるかったよ」

もごもご言って、三人は一目散に散って行った。

その時だった。

「いた！……ゆき、おいで……」

少年の声があがり、土手の草を無心に食べている白うさぎが見えた。

柴売りの少年は、そっと近づいて、背後から白うさぎを抱き上げると、

「ありがとうございました」

清四郎と綸に頭を下げた。

「これがお前の妹か」

清四郎が腰を落として、少年が抱いているうさぎを撫《な》でると、

「去年亡くなった妹の形見なんや。妹の名もゆきと言ってた」

少年は、胸に抱いたうさぎを愛《いと》おしそうに撫でた。

「お前の名は、なんていうのだ？」

清四郎が聞くと、

「虎吉《とらきち》」

少年はしっかりとした口調で言った。

「そうか、虎吉か。その歳で柴舟をあやつるとは大したものだな」

「だって、おいらの家は貧乏やから。おっかあと二人暮らしやし、柴を売るのはおいらの仕事や。そやけどおいら、いつまでも柴を売るつもりはねえ。大人になったら戦《いくさ》に行くんや」

虎吉は胸を張った。

「なに、戦だと……」

清四郎の顔が強《こわ》ばった。綸も驚いて虎吉を見た。虎吉は嬉々《きき》として言った。

「手柄を立てれば侍になれるかもしれへん、そやろ……。おいらはおっかあを楽にしてやりたいんや」

「虎吉、戦にいかなくても、この宇治の町にだって働き口はあるぞ。気が向いたら来るがいい。俺は今は上林家の者だが、近いうちに朝比奈家の婿になる。その女《ひと》が俺の妻になるという訳だ。覚えておけ」

――婿……。

綸は清四郎を睨んだ。

婿入り話はまだ緒についたばかりだというのに、この男は人の気持ちなどお構いなしに、一方的に押しつけて来るつもりなのか。

憤慨して見た綸を、清四郎はにやりと笑って返してきた。

「ありがとう。おいら、お言葉に甘えるかもしれへん、その時はお願いします」

虎吉は律儀《りちぎ》に頭を下げて土手を降り、自分の背丈の何倍もの長さの竿《さお》を操って舟を漕《こ》いで行く。

ゆらゆらと心許《こころもと》ない柴舟の漕ぎ方に、綸も清四郎も、しばらく黙って見送っ

ていたが、

「虎吉だけじゃないな、柴舟に乗っているのは……」

清四郎は苦笑して呟《つぶや》いた。

綸も同じようなことを考えていた。今身の回りに起こっていることを考えれば、先の見えない不安ばかりが湧《わ》いてくる。だが清四郎の言葉に相槌《あいづち》は打たなかった。そんな態度を見せれば、すぐさまいっそう馴《な》れ馴《な》れしい態度で迫ってくるように思われたからだ。

虎吉の漕ぐ舟が視界から消えると、綸は清四郎をキッと見て言った。

「清四郎さま、近いうちって何時のことですか」

「まあまあ、美しい顔が台無しになるぞ。そう怖い顔をするな。本当のことではないか」

清四郎はさらりと躱《かわ》すと、彫りの深い顔で、にこりと笑った。

——ずうずうしい。

綸は清四郎とこんなに近くで話すのは初めてだったが、小堀作介と比べて、なんと不躾《ぶしつけ》な男なのか。養子とはいえ上林家の者とは信じがたい。

体全体を品の良い男色気に包まれていた小堀とは、あまりにも対照的で、こんな男と一緒にならなければいけないのかと意気消沈した。

「そんな顔をして見詰めるな。どうだ、あそこの茶屋で一服……」

清四郎は、すぐ側にある橋の袂《たもと》のお茶屋を指した。

そのお茶屋は御茶師たちの肝いりで営まれているお茶屋で、この宇治で生産したお茶を、旅人や通りすがりの者たちに飲んでもらって、広く世の中に宇治の御茶を広めようという意図で作られたものだ。団子もあり、腰掛けて気軽に飲食できるようになっている店だ。

「私は急いで帰らねばなりませんから」

綸がつっぱねると、

「忙しいのはお互い様だ。だがここで会ったが百年目、やはり縁があるということだ。いずれ話そうと思っていた私の生い立ちを話しておいたほうがよいかなと思ったのだ」

綸の腕をひっぱるようにして、橋袂のお茶屋に入った。

お茶屋の婆《ばば》がにこにこしてお茶を出して引き下がると、

「先ほどの坊主《ぼうず》を、ほうっておけなかったのは、私の生い立ちにあるのだ」

一服お茶を口に含むと、そう切り出して照れくさそうに笑った。

「綸どのも知っての通り、俺は上林家の養子だ。実の親の顔は知らない。上林家の者に聞いてみると、近江の郷士の倅《せがれ》だったようだが、家は潰《つぶ》れて、それで上林家に引き取られたということだ。まあ、所詮《しょせん》は、どこの馬の骨とも分からん者だな」

「そんな僻《ひが》みがましい言い方はいかがなものでしょうか。私も朝比奈家に貰《もら》われてきた者です」

「いや、綸どのは、噂《うわさ》では織部さまのお子ではないかと言われているではないか」

「まさか……私も孤児です。伏見城下が火に包まれた時、私は助け出されて朝比奈家に貰われたのです。清四郎さんと一緒で私も実の親の顔は知りません」

「そうか、そこだけは一致しているな」

清四郎は笑った。そして、

「私は先ほど柴売りの坊主を見て、ひょっとして自分も、上林家に拾われなかったら、ああいう暮らしをしていたかもしれぬと思ったのだ」

綸は頷《うなず》いた。綸も同じことを考えていたのだ。

妙なところで波長が合うなと思ったが、

「でも、だからと言って、勝手にあんな宣言をするなんて」

綸は、清四郎を睨んだ。

「いいではないか、柴舟の坊主を相手に言った事だ、あいつはもう忘れてる」

「祝言《しゅうげん》をするとはまだ決まっておりませんよ」

綸は、ぴしゃりと釘《くぎ》を刺した。

「そうかな、決まったようなものじゃないか。俺はずいぶん前から、この話は聞いていた。先年亡くなった養父と、そなたのお父上が決めていた話だ」

「でも私は知りませんでした」

「まっ、決めていたと言っても、綸どのが私を気に入らないというのなら、そのように上林家に申し入れてくれればよいのだ。私が伝えたかったのはその事だ」

「あなたはそれでいいでしょう。でも、柴舟の虎吉は、きっと朝比奈家にやってきます」

躍起《やっき》になって返した綸の言葉に、清四郎はふっと笑うと、

「わかった、わかった、私が婿に入っていなかったら、虎吉は上林家にまわしてくれ」

なんともこれでは暖簾《のれん》に腕押しではないか。溜息《ためいき》を綸が漏らすと、

「とは言ってもだ」

清四郎はお茶代を置いて立ち上がると、

「綸どのに断られたら、私は抜け殻のようになるかもしれんな。断る時は、お茶の仕立てが終わってからにしてもらいたいものだ」

「知りません」

口を尖《とが》らせた綸を置いて、清四郎はすたすたと帰って行った。

二

「味噌《みそ》団子、いらんかえ～、宇治のお茶に味噌団子、いらんかえ～」

団子売りが声を張り上げると、それに呼応したように、

「取れたての蜂蜜《はちみつ》、水飴《みずあめ》もあるよ〜。甘くて美味《おい》しい蜂蜜、水飴、いらんか〜」

今度は甘味売りの声。すると、

「塩はみがきに〜伊勢のおしろい〜なんでもござれ」

売り声が宇治上神社の境内に響く。

年に一度の大祭が行われているこの日、綸は手代の利助を供に拝殿前で手を合わせていた。

この神社は宇治川を挟んで平等院とは反対の地にあるのだが、建立《こんりゅう》も古く、宇治神社とともに宇治の地を守る氏神《うじがみ》として皆の信仰を集めている。

大祭の日は多くの人たちで賑《にぎ》わうのだが、この日に参拝すると道が開けるともいわれていて、綸は始まったばかりの御茶精製の無事、父の病の快復、世の不安が杞憂《きゆう》に終わることなどを祈ると、拝殿右手の祠《ほこら》にある宇治の七名水のひとつ「桐原水《きりはらすい》」と呼ばれる湧き水を汲《く》みに向かった。

御茶を点《た》てるのは、やはり名水に限るのだ。てんでに利助が持参した桶《おけ》に水を汲み入れて祠から外に出ると、

「お綸さん！」

声が掛かった。

「驚いた、お久しぶり」

綸の顔が、一瞬にして輝いた。

祠の前に竹筒を持って立っていたのは、幼なじみのおてると、お幸《さち》だった。

おてるは、宇治の町で旅籠屋《はたごや》をやっている家の娘である。春の御茶精製の時に他所《よそ》から集まった人たちを泊める宿だ。

茶摘みの頃に貸し出される貸し家と同様に、御茶の季節がかき入れ時で、御茶の季節が終わるとほとんど泊まる客はいないと聞いている。宇治特有の宿である。

そしてお幸は、家族と二、三人の奉公人で営む茶薗《ちゃえん》の娘である。御茶師として認められた家ではなく、精製する御茶は碾茶《てんちゃ》ではない。

摘み取った御茶はほとんどが煮出して飲む御茶だ。だからといって収益がないかというとそうではない。この茶が広く一般に飲まれている訳だから、やはり家業として利は多いと聞いている。

「丁度良かった。話しておきたい事があったんです」

おてるが言った。

「何……まさかどこかに嫁ぐの……」

驚いた顔で聞き返すと、おてるはちらと控えて立っている利助を見て言った。

「少し話したいけどいいかしら」

利助は気を利《き》かした。

「お綸さま、私は一足先に帰ります」

綸は利助を帰すと、境内に床几《しょうぎ》を並べているお茶屋に入った。

お茶屋といっても、年増《としま》の女がやっている葦簀《よしず》張りの店のことだ。雨が降ればたちまち店を畳む、境内にある店は、皆そういう簡素な出店だった。

「お茶を下さい。三人です」

綸は年増の女にお茶を頼むと、

「何、話って……」

二人の顔を見た。

「お綸さん、私の家の宿が火事にあったの知ってるでしょ」

まずはおてるが切り出した。

「ええ、この三月だったって……」

綸は火事のことは聞いていたが、父親が倒れたばかりで、なかなか見舞いにも行けなかったのだ。

「まだ旅籠の建て替えの目途《めど》がたってないんです。そやから私、中書島《ちゅうしょじま》に奉公に行くことに決めたんです」

「中書島って……」

綸は驚いた。

中書島は、京と大坂を結ぶ水路の中継点になっていて、大変賑やかな町だと聞いているが、そんなところだけに女郎屋の多い町である。

「そうよ……お綸さんが想像してる通りやの。私、山崎屋っていう女郎宿に行くんやから」

おてるは、さらっと言った。

「おてるさん……」

「そんな顔しないでよ。私、納得してるんやから」

「そんなにおうちの内証が大変なの？」

「まあね、にっちもさっちもいかなくなってるんやから」

綸は大きなため息をついた。

「やめてよ、そんな顔。お女郎さんになるて決まった訳やない。女中ってことで行くんやから」

綸は苦笑した。おてるは昔からそうで、物事を後ろ向きに考えない性格だ。

「それに、私、きっと何が起こっても負けるもんかって思てんの。一寸先は闇《やみ》やっていうけど、その反対だってある筈《はず》やもの。一寸先に幸せを摑んでいるかもしれへんやろ？　第一、一寸先の見える人なんていてへんでしょう」

「確かにね、私も近頃気の進まない話ばかり聞いてたもんやから……」

「御茶師の修業をしているって聞きました。お綸さんかて大変……」

おてるは同情を見せると、お幸を促した。

「お綸さん、私は紀州に参ります」

今度はお幸がそう言った。

「お幸さんは私と違《ちご》て、お嫁に行くのよ」

おてるが言う。やはり、ちょっぴり羨《うらや》ましそうだ。

「浅野家家臣の三島安兵衛《やすべえ》という方に嫁ぎます」

「浅野家っていえば、確か徳川さまの……」

綸は驚いて聞き返した。

「大大名やものね」

おてるがすかさず口を添えると、

「三島さまは台所方です。禄《ろく》は多くはありませんけど、うちのお茶を買い付けにこられて顔見知りになったんです。それで」

お幸は頬を赤らめた。

「おめでとう」

綸は言ったが、気持ちは落ち込んだ。

おてるやお幸に限らず、女がどんな理由であれ宇治を離れると、滅多に帰ってくる事はない。おてるは中書島というからなおさらだ。

三人はしばらく黙ってお茶を飲んだ。

「私も、婿《むこ》を迎えなければならないから……」

綸はぽつりと言ったが、この宇治に暮らせるその事だけを考えれば、恵まれているのかもしれない。

「お綸さんはここにずっといるんやもの。ねえ、いつかきっと、また三人で会いましょうよ」

おてるが言う。

「みんな幸せになってるわよね、その時は」

お幸が言った。

「きっと……」

綸は言い、両手を出した。

「約束」

「約束」

二人も昂揚《こうよう》した顔で両手を出した。

互いに見合って手を取り合った三人の耳朶《じだ》に、境内の喧噪が沸き立つように聞こえてきた。

女茶師

一

宇治の山々が新緑から深い緑に変わり、ほととぎすの鳴き声が茶薗に繁く聞こえて来るようになると、いよいよ碾茶づくりも佳境に入る。

朝比奈家の台所も殺気立つほど忙しくなる。土間では、大きな竈が五つ、それぞれに炎が立っている。火加減を見るのは下男の徳三《とくぞう》、大鍋《おおなべ》には飯が炊け、汁物が煮立っている。

板の間の方では、大きな盆に三人の女中が握り飯を作っては積み重ねている。

その横では二人の下女が、大根の漬け物をものすごい早さで切り分けている。

もうもうと煙が立ちこめ、熱気につつまれた台所をしきっているのは、おしのである。

「急いで!」

綸も顔を出して、二言三言おしのと言葉を交わすと、すぐに台所を出て、二階の茶撰《ちゃよ》り場《ば》に向かった。

お茶の葉を焙炉《ほいろ》にかける度に茶撰りを行う。

第一段階は「ツルキリ」と言われる作業で、一度目の焙炉から下ろしたお茶の葉を篩《ふるい》に掛け、屑葉《くずば》や葉柄《はがら》を取り除く。

そして再び焙炉にかけて乾燥させ、「揚葉《あげは》」と呼ばれる「荒茶《あらちゃ》」を仕上げるのが第二段階の茶撰り。

さらに、今度は練焙炉に掛け、篩、選別を繰り返し、最後には一分から二分弱(三ミリから五ミリ)の大きさに揃《そろ》えた「薄葉《うすは》」に仕上げるのが第三段階の茶撰りである。

御茶師が気に入らなければ、さらなる茶撰りをすることだってある。そうしてようやく出来上がった薄葉を碾茶と呼び、この状態で茶壺に詰めて送るのだ。だから茶撰りの女たちは、摘み子たちより人数が多い。

漆塗りの盆や四《よ》方盆《ほうぼん》の中で茶撰りを行うのだが、少しの息が掛かっても飛び散るほどの薄い茶の葉を一枚一枚より分けるのだから、息をつくにも神経を使う仕事で、これも熟練がいる。

摘み子たちが、はつらつと茶摘み歌を歌いながら作業しているのとは違って、こちらは黙々と、緊張感をもって作業が進められているのだった。

綸は、各部屋を見回ったのち、出来上がった白茶の薄葉と青茶の薄葉を、それぞれ半紙に載せて父の病床に赴いた。

道意は祖母に見守られて臥《ふ》せっていた。

「父上」

枕元《まくらもと》に座って出来上がった薄葉を見せると、道意は力をふりしぼって起き上がり、それぞれの薄葉を手にとり、丹念に検見《けみ》すると、

「うむ、いいだろう」

綸の手に戻した。

「ありがとうございます」

「この調子で、皆の手を借り知恵を借りて、滞りなく進めるのじゃ」

「はい、そういたします。父上の日記で勉強しながら進めます」

「ずいぶん遅くまでわしの日記を読んでいると聞いているぞ。それほど根を詰めなくても、大概のことは藤兵衛に訊けば分かる。あれは生き字引だからして、綸を助けてくれるはずじゃ」

「はい」

「綸、父上はお喜びじゃ。思いの外、綸がしっかりやってくれていると、このばばに自慢しておる」

文が相好《そうごう》を崩して言ったその時、

「お綸さま、番頭さんがお待ちです」

利助が綸を呼びに来た。

綸はすぐに部屋を出て、番頭の藤兵衛が待つ部屋に入った。

藤兵衛は半紙ほどの木箱を膝《ひざ》横に置いて待っていた。

その木箱はお茶を製する季節にやって来る二百五十余人ほどの一時奉公人たちの意見をくみ上げるための「願い箱」だ。処遇の願いでもいいし、仕事に対する願いでもいい。何でも願うことのできる箱だ。これまで滅多に願い文が入っていることはなかったのだが、

「これをご覧くださいませ」

藤兵衛は千切れた紙の一片を綸の前に置いた。

「珍しく投げ入れがありまして……」

綸は頷いて紙片を取った。

書かれている文字は数行だったが、

「これは……」

驚いて顔を上げた。

紙片に書かれていたその文字は、焙炉師の六之《ろくの》助《すけ》と摘み子のおみつが不義密通をしているという告発状だった。

「六之助には妻子がいるのです」

藤兵衛の言葉に綸は困惑した顔で、紙片をひっくりかえして告発者の名を探したが、どこにもその名は無かった。

「綸さまはご存じないでしょうが、この季節には、相手を見つけて所帯を持つ者も多くおります。おめでたい事だというので、大いに祝福もしてやるのですが、不義の話は放っておくことはできません。ここは神聖な御茶を製するところですので、縁起の上でも許されないのです」

——どうしたものか……。

綸は考えたあげくに言った。

「曖昧なことで二人を責めるのもいかがなものか。ここは二人に聞き取りをしてみましょう」

藤兵衛は納得顔で相槌を打った。だがすぐに、

「ただ、一つ決めておかなければなりません。二人の話が単なる噂話である場合は良いのですが、事実の場合はいかがしますか……六之助は炉元の源蔵も腕が良いと褒めている人物です。朝比奈家の焙炉場には、こののちも必要な男です。それに、今作業は佳境に入ったところです。こんな時期に六之助が抜けてしまうと焙炉場が混乱します。後の者を見つけると言っても、それはなかなか難しい……」

「そうですね……」

綸は暫《しばら》く思案をした後、こう言った。

「二人には単刀直入に私から訊いてみます。真実ならば放っておく事は無理で

しょう。これまでの決まりに添って計らいます。番頭さん、二人をここに連れてきてください」

焙炉師の六之助と摘み子のおみつが、藤兵衛に連れられてやって来たのはまもなくだった。

六之助は三十前後、精悍《せいかん》な顔立ちで背も高く、なかなかの男っぷりで、女たちに人気があるのだろうなと、一見して綸は思った。

摘み子のおみつはというと、歳《とし》は二十そこそこ、ぽっちゃりとした色白の女で、美人というのではないが、気立ての優しそうな女に見えた。

「ご心配をおかけいたしまして、この通りです」

六之助は座るなり、両手をついて謝った。

するとおみつも、それにならって、黙って深く頭を下げた。

なぜここに呼ばれたのか、二人は藤兵衛から聞いているらしかった。

「本当のことを訊きたくて来てもらいました。話してもらえますね」

綸は、二人の顔をじっと見た。

「お綸さま、申し上げます。誰が何を言ったのか存じませんが、わしとおみつさんとは、何もございません」

まずは六之助が言った。

「不義の間柄ではないと言うのですね」

「へい、ございません。第一わしは、近江の石山に女房と倅と、老いたおっかさんがおります。働いて養わなければなりまへん。不義を疑われて暇をだされたら、一家四人暮らしていけまへん。毎年毎年、ここに寄せていただいて、焙炉の仕事をいただくことで、一年を無事暮らすことができるのです」

「おらも同じです」

おみつは顔を上げて綸を見た。

「六之助さんとは、宿が向かい同士で、それで知り合いました。でも噂されているような間柄ではありません。おらのうちだって、おらのうちは山科ですけど、寝たきりのおっかあがいて、おっとうは稼ぎが悪いし、おらが摘み子したお金を持ってかえらなかったら、たちまち飢え死にしてしまいます」

宿というのは、お茶の季節に集まる人たちのために作られた宿屋のことだ。

綸の友人おてるの家も、この種の宿を営んでいて、宇治の町筋には、こういった季節の宿がたくさんある。朝比奈家のお茶の仕事に携わる人たちも、朝比奈家の敷地内にある長屋では賄《まかな》いきれず、こうした宿を利用している。おみつが泊まっている宿と、六之助が泊まっている宿は、道を挟んで向かい合ってあるのである。

「噂はうそっぱちだというのですね」

綸は、二人の前に、訴えを記した紙を置いた。

二人は黙った。重たい空気が流れた。

「たしかに……」

六之助が苦渋の顔を上げて言った。

「わしは、宿の前でおみつさんの悩みを聞いてやりました。おみつさんの悩みというのは家の事でした。両親の面倒みてる、だから嫁にはいけへんて」

確かに夕食後のひとときは、多くの人たちが宿の外に出て交友を深めたり、その頃を見計らってやって来る飴売りや、端布《はぎ》れ売りや団子売りなどを冷やかしたりして過ごすのだ。

二人が親しくなったのもそういう場所だったからこそ垣根はなかったという事か。

六之助の言葉を受けて、今度はおみつが言った。

「おらは、誰にも話せなくて悩んでいたんです。六之助さんに聞いてもらって胸が軽くなりました。そのお礼に、六之助さんの着物がほころびたと聞いた時、縫ってあげたんです。それだけです。それだけなんです」

不義ではないのだと言い分ける六之助とおみつを見て、綸は、

――この二人に、不義の烙印《らくいん》を押すことは気の毒だ……。

と思った。

ただ、二人の間に、相手を思いやる切ない空気が絡《から》み合っているのも事実だった。それは綸自身が小堀を心の底から慕い、ずっと胸に秘めてきたからこそ分かることだった。

いずれにしてもこれ以上、問い詰める事は自分にはできないと思った。

「信じてよいのですね」

綸は念を押した。

二人は頷いて頭を下げた。

しかし、このまま放置することはできない。

抑えていた恋心も、抵抗が生じることで燃え上がることだってある。万が一、二人が深みにはまれば取り返しのつかない事態になるやもしれぬのだ。

ふっと視線を藤兵衛に振り向けると、藤兵衛は神妙な顔で頷いてみせた。

綸はそれを受けて言った。

「話は分かりました。六之助さんは焙炉場に戻ってください」

「へい、ありがとうぞんじます」

六之助は、ほっとした顔で立ち上がったが、ちらりとおみつに視線を流した。

おみつの処遇がどうなるのか案じているようだった。

綸は、六之助が部屋を出て行くと、おみつに告げた。

「おみつさん、おみつさんには今日を限りに暇を出します」

「お綸さま！……」

おみつは悲痛な声を上げた。

「人の口に戸は立てられない。この先のことを考えると、不義などしていなくても、おみつさんはもっと傷つけられるかもしれない。私は二人の間にやましいことはなかったと思うからこそ、六之助さんには続けてもらうことにしたのです。不義と私が認めているのなら、六之助さんにも暇を出します」

「ああ……」

おみつは声を出して泣き出した。

「お願いでございます。二度と六之助さんとは口をききません。ですからここで働かせてください」

おみつは、顔を畳にすりつけて訴える。

「おみつさん……」

綸は、おみつの側によると、

「私はおみつさんの事を思って言っているのですよ」

労《いたわ》る声を掛けた。おみつは、はっと顔を上げた。

「おみつさんの気持ち、同じ年頃の女として分かっているつもりです」

「お綸さま……」

綸は懐《ふところ》の財布から銀三両をとり出すと、おみつの手に握らせた。

「これは……こんなにたくさん！」

おみつは驚いた顔を上げた。顔は涙でくしゃくしゃだ。

「これで今年の給金とします」

「でもいつも、こんなにたくさんいただいておりません」

「いいのです。私の気持ちです。ですから今年はこれで……来年のことは、また来年考えましょう。必ずまたおとりさんに声を掛けてもらいますから安心して過ごしなさい。人の噂も七十五日、来年になれば新しい気持ちで働けます」

「ありがとうございます」

おみつは、銀三両を抱きしめて頭を下げた。

――気の毒だが仕方がない。

小堀を慕い続けてきた綸だからこそ、心が揺れた。

おみつが帰って行くと、おみつへの扱いが間違っていなかったかどうか、綸は藤兵衛の顔に目で問うた。

「あれでよろしかったと存じます。実は先ほど下男の益吉《ますきち》からも、二人のことについて私に訴えがあったのです。数日前に、二人が藁《わら》小屋の前で……」

　藤兵衛は言いよどんだ。

「何があったのですか」

　綸は訊《き》く。

「お若いお綸さまに申し上げにくいのですが……藁小屋の前で、二人が抱き合っていたと……」

「間違いないのですね」

「益吉は嘘《うそ》をつくような男ではありません。台所の薪《まき》を取りに出た時に見たと言っておりました。夕暮れ時だったようです」

　一瞬当惑した目で綸は藤兵衛を見た。たった今くだした判断の是非を自身の胸に尋ねた。だが、

「ですが、それ以上の事はなかったと私は信じてやりたいのです。だから、お綸さまのただいまの二人へのお達しは賢明でした。不義はなかった。そう結論づけてあげただけでも、本人たちは、内心ほっとしている事でしょう。おまけに過分な給金まで与えて……二人はきっとお綸さまに感謝すると思います」

　藤兵衛の言葉をきいて、綸は胸をなで下ろした。

二

茶薗から歓声が上がった。

今年の茶摘みが終わったのだ。

女たちは朗らかに歌いながら茶薗を出、摘んだ生葉を入れる手《て》籠《かご》を振り上げながら、朝比奈家の屋敷に向かって歩いて行く。

こういう光景は、この時期、朝比奈家の茶薗だけではなかった。あちらこちらから順次、女たちが湧いてくるように大通りに溢《あふ》れて来る。

屋敷に戻ると、今年使用した様々な籠を、踏んづけたり叩《たた》いたりして破いていく。

今年製茶につかった籠類や葦簀など、すべての道具を壊してしまう『籠破《かごやぶ》り』と言われるお祭りなのだ。御茶精製の道具は毎年新しいものを使うのである。

「おかえりやす」

「ごくろうさんでした」

摘み子たちが朝比奈家の庭に入ると、そこには大勢の人たちが集まっていて、口々に労をねぎらう言葉を交わし、庭の中程では元気のある男と女が、踏み砕いた籠や、使用した竹などを燃やしていて、そのまわりで宴会が始まっている。何しろ朝比奈家の御茶仕立てに従事した者は、二百五十余人にものぼる。しかも無礼講だ。その賑わいといったら無い。

誰もが今日とばかりに騒ぎ立て、飲み、食い、踊る。年に一度の籠破りの宴会は、精を出した一月あまりの苦労を爆発させるお祭りだ。

朝比奈家の番頭も手代も女中たちも、今日ばかりは接待役。人々の間を縫って、酒を注ぎ、食事を勧め、ねぎらいの言葉を掛けていく。

騒然とした光景の中、火の燃え盛る近くで二人の男が踊り始めた。

すると、そこに女たちも混じって、踊りの輪は広がっていく。

その時だった。綸が現れると、

「お綸さまだ」

「お綸さま……」

皆綸の周りに駆け寄った。

「皆さん、ご苦労さまでした。今日は存分にお楽しみください。そして来年もまた、この朝比奈家の仕立てにお力をください」

綸は透き通った声で挨拶《あいさつ》をする。

その綸の目に、大勢の人たちとは少し離れたところで、寂しげに立っている六之助が映った。

綸は、縁側から庭に降り、人々の間をすり抜けて、六之助の側《そば》に近づいた。

「これは綸さま……」

「ごくろうさまでした」

にこりと笑い掛けると、

「すみません、心配かけました。おみつさんのこと、番頭さんから聞きました。過分な給金もいただいたそうで、おみつさんもほっとしたと思います。ありがとうございます」

六之助は頭を下げた。

「いいえ、来年もよろしく頼みます」

「こちらこそお願いします。わずかな畑を耕すだけでは銭にはなりまへん。こちらに寄せていただくことで、古着の一枚も買えるんですから」

「頼りにしています。炉元の源蔵さんが言っていました。わしの目に狂いはないって。六之助は筋がいい、わしの立派な片腕だって」

「ありがたいことです」

六之助がぺこりと頭を下げたその時、縁側に出てくる父の道意の姿が目にとまった。

「父上……」

両脇《わき》を祖母の文と女中頭のおしのに支えられて、よろよろと歩いてきて縁側に座ったのだ。

綸は驚いて父の元に走った。

「父上……」

「よいのじゃ、騒ぐな……」

道意は弱々しく手で制した。

「父上は、昔から籠破りのこの日が大好きなんじゃ。皆の喜ぶ顔が見たいと言ってな」

文が言って笑った。

「旦那《だんな》さまだ！」

「旦那さま……」

人々が道意に気付いて縁側に駆け寄って来る。

道意は、にこにこと皆に笑顔を振りまいて頷くと、

「皆の衆、わしの体はこの通りじゃ。来年の仕立ての時期には皆の衆に会えぬかもしれぬ」

道意は、力を振り絞って言う。

「旦那さま、旦那さまは、きっとよくなられます！」

「そうだともよ。旦那さまらしくもねえ。早くお元気になってくだせえ」

人々は口々に叫ぶ。

「ありがとう。皆の気持ちはありがたいが、わしには分かっているのだ」

一瞬、庭中がしゅんとなった。

「何、案ずることはない。わしには立派な跡取りがいる。綸だ」

一斉に人々の視線が綸に飛んできた。

ぎくりとして父を見詰める綸に、父の声が被《かぶ》さってくる。

「今日より朝比奈家は綸が継ぐ。いずれ婿をとるつもりじゃが、わしと同様、綸をもり立ててもらいたい。目指すは天下一の御茶だ、宇治一番の御茶だと言われるように尽力してほしい。頼むぞ」

道意は、声を振り絞った。

人々の間からすすり泣きが聞こえてきた。

「さあ、みんな、今日はめでたい日じゃ。存分にやってくれ。わしはここから皆の楽しむ顔をみせて貰うぞ。さあさあ、さあ、踊れ踊れ！」

道意は陽気に言った。

皆から歓声が上がった。

道意はそれを見届けてから綸に頷き、おしのの手を借りて、そっと奥に姿を消した。

綸は、道意の姿を追いながら、胸から突き上げてくるものを押し返した。

病に冒されているとはいえ、人々の前に立った父の気概に、綸などには到底たどり着くことのできない、御茶師としての凛然《りんぜん》たるものを感じていた。

綸は茶臼《ちゃうす》をゆっくりと挽《ひ》く。碾茶を挽く早さは、早くても遅くても旨《うま》い抹茶にはならない。

綸が挽く臼の中には、美しい濃い緑の抹茶が、少しずつ少しずつ落ちている。この抹茶で、亭主はお客に茶を点てて持てなし、また吟味の上、購入して貰うのである。

御茶を点てる腕もさることながら、挽いた抹茶の出来不出来で、舌が感じるなめらかさ、うまみ、香りなどが変わってくる。

客を迎える亭主にとって碾茶を挽く作業は、大変重要な準備のひとつ。茶道の点前《てまえ》は、御茶を挽くところから始まっていると言われているほどだ。

ただ、今日綸が碾茶を挽いているのは、お客を迎えるためではない。

一年に一度の御茶吟味役、古田織部の試飲の日で、仕上がった碾茶が、将軍家や禁裏などで使用するに値する代物《しろもの》かどうか、そのお墨付きを貰うためのもの。本日は京都所司代配下の者も臨席するのだと聞いている。

「よいな、綸。御茶を挽く時には、差し上げる方々の顔を思い浮かべ、心を寄せながら、ゆっくりとゆったりとした気持ちで挽いていくのじゃ」

道意は病床の中から、今朝綸にそう伝えた。

通常御茶師は、御茶吟味役を迎える時も、茶壺《ちゃつぼ》に碾茶を詰める時も、皆十徳《じっとく》を着て、腰には刀を帯びて茶を扱う。

特に将軍家や禁裏に納める御茶を壺に詰める時には、早朝より体を清め、神棚に手を合わせ、身支度を調えるという厳《おごそ》かなものだ。

今日の綸の装《よそお》いは、綸子の二藍《ふたあい》の小《こ》袖《そで》に唐織の平絎《ひらぐけ》の帯を締め、それに裃《かみしも》を着けて腰には小刀を差している。

そして番頭の藤兵衛はというと、少し離れて控えているが、こちらも裃姿で、小刀を帯びている。

その藤兵衛から少し離れて、手代たちが小袖に袴という出《い》で立《た》ちで着座していて、こちらは素早く綸の手助けをする態勢だ。

御茶師の家は、この時節、御茶仕立ての喧噪から一転して、静寂で張り詰めた空気に包まれる。

どれほどの時間、綸は碾茶を挽いただろうか、かれこれ半刻《はんとき》（約一時間）は挽いたと思うが、ようやく試飲用の抹茶が出来上がった。

「お迎えの準備を……」

綸は言った。

すぐに利助が茶室に向かった。

茶室で用意している風炉《ふろ》の炭の具合、湯の煮え具合を見るためだ。

この試飲にお茶室を使うのは高貴な人たちや茶人たちの時だけで、一般の商人との商談には、広間の一画に風炉を仕立て、そこで御茶を点てて試飲してもらっている。

「露地に打ち水はすませましたか、お花は入れてありますね」

綸が子細に注意をする。

「はい、万端整っております」

手代や女中たちが手をついて綸に伝えた。

まもなくのことだ。織部が家臣を従えて到着した。

綸のお点前で試飲の御茶二種、青茶と白茶が天目茶碗《てんもくぢゃわん》で点てられて、白木の天目台に載せ順番に差し出された。

織部は無言で、ゆっくりと味わった。

部屋に緊迫した空気が走る。綸はむろんのこと、控えている藤兵衛も手代たちも固唾《かたず》をのんで織部の言葉を待っている。

「ふむ……」

織部は茶碗を膝前に置くと、綸の顔をひたと見て告げた。

「良い御茶だった」

綸の顔が輝いた。そして、

「ありがたき幸せにございます」

藤兵衛以下手代たちとともに、織部に深々と頭を下げた。

「綸や、今年のこの御茶は、道意どのが昨年の今頃から、丹念に茶薗の世話をしてきたことの証《あか》しだ。来年の御茶は、そなたの肩にかかっている。分かるな」

「はい」

綸は手をついた。

「宇治の茶業は、これからが正念場だ」

思いがけない織部の厳しい口調に、ほっとして緩んでいた座が一瞬静まりかえった。織部は厳しい顔で皆を見渡して、

「これから申すことは、ここだけの話と心得てくれ……大御所さまは御茶師に格付けをしようと考えておられるようだ」

「格付け……御茶師の間に上下関係ができるということですか」

綸はすぐさま訊《き》き返した。

「さよう。実際どのようになさるのかは知らぬが、そうなれば、否応《いやおう》なしに御茶師同士を今以上に競わせることになる。この朝比奈家も、後《おく》れを取らぬよう、あらゆる面で神経を張り巡らせて当たらねばならぬ」

手代たちの間にざわめきが起こった。

「備えあれば憂《うれ》いなしだ、綸、怠《おこた》るでないぞ」

織部は念を押すと、父の道意を見舞ったのち、引き上げて行った。

「この宇治は、代々御茶師が手を繋《つな》いで参りました。茶の木の生育、御茶の仕立て、皆それぞれの手法を披露しあって、一緒になって良い御茶をつくろうとして参りました。競い合いながら支え合ってきたのです。他の国の茶薗の追随

を許さなかったのもそういった御茶師の結束が固ければこそでございます。ところが先の森家の追放といい、御茶師格付けの話といい、大御所さまは何をお考えなのでございましょうか」

藤兵衛は苦い顔で綸に言った。

祝《しゅう》言《げん》

一

「御物《ごもつ》御壺出行無之内、新茶出スベカラズ」

宇治橋の袂《たもと》に、この立て札が掛かるのは、御茶吟味役が御茶師の製した御茶を試飲してからまもなくの事である。

御物御壺は、将軍家に納める特別の壺という意味で、この壺が新茶を詰めて宇治橋を出るまでは、どこにも新茶を送ってはならないというお達しなのだ。

織部が御茶の吟味を終える頃、江戸では「採茶師」と呼ばれる役目の者が、将軍家の壺を持って出発する。これが後には御茶壺道中という制度になるのだが、採茶師はその前身というところだろうか。

採茶師が宇治に到着するのは、江戸を発《た》ってからおよそ十二、三日め。御茶師たちは正装してこの一行を宇治橋まで出迎える。

そして祝宴が終わると、御茶師それぞれが、前もって決められている将軍家はじめ禁裏や寺院、その他将軍家から他所《よそ》に贈る壺に御茶を詰めていく。

壺詰めは数日で終わり、採茶師たちは江戸に向かって出発するのである。一行を見送ると、息をつく暇もなく御茶師たちは、次々と届く全国の大名家などからの注文の御茶を壺に詰めて送らなければならない。

朝比奈家も毎日正装して総出で御茶を詰めるのだが、大名家など主要なところだけでも二百件余、緊張のし通しだ。

それぞれの壺には、どの御茶をどれだけ入れたかという書き付けを添えて入れ、湿気で茶の葉が劣化しないよう壺の口を和紙で封印し、そこに詰めた御茶師の印を押す。

さらにはこの壺を、特別に仕立てた桐《きり》の箱に収めて出荷するのである。

その間に接客接待もあり、一連の作業が終わるのは、夏の暑い日差しを感じる頃だ。

すべてが一段落した折には、安堵《あんど》と共に強い疲労を覚えるほどだ。

今年初めて当主名代として、藤兵衛の助言を受けながら御茶師の役目を担《にな》った綸も、これほどの体力気力がいるものなのかと驚いていた。

最後に残していた特別の壺、京の高台院《こうだいいん》さま行きの壺に封印すると、綸は皆に御茶を点《た》てた。

「ごくろうさんでした。来年もよろしく頼みます」

綸も茶碗をとって口に含んだ。御茶はまろやかで色も香りも申し分ない。

――至福の一服……。

しみじみと思ったその時、

「お綸さま、旦那さまの容体が……」

おしのが血相を変えて告げに来た。

「父上が……」

綸は、慌《あわ》てて父の部屋に走った。

藤兵衛も利助たちも後に続いた。

「父上……」

部屋に入ると、父が苦悶《くもん》に顔を歪《ゆが》め、文が父の背中を懸命に撫《な》でていた。

「玄庵先生はどうしました？」

綸の問いかけに、

「使いをやりました。まもなく来てくださると思います」

おしのの説明を聞いているうちに、玄庵がやって来た。

玄庵は直《す》ぐに薬を父に含ませると、まもなく父は、眠りについた。

それを見届けると、文と綸の方へ向き直った玄庵は言った。

「お伝えすることがあれば今のうちに……また、お聞きしたいことがあれば、この二、三日のうちに伺っておくことです。私も今日からこちらに詰めることにいたします」

「先生……」

綸は玄庵の顔を見た。玄庵が頷《うなず》き返すと、すっくと立ち上がった。

「綸……」

どこへ行くのかと問う文の声を背中に聞いて、綸は屋敷を飛び出した。

綸が向かったのは宇治郷の代官上林家、屋敷に走り込むと、

「朝比奈綸でございます。清四郎さんに会わせてください！」

応対に出てきた手代に大声で伝えた。

清四郎はすぐに出てきた。前垂れをして襷《たすき》を掛け、仕事の最中のようだったが、

「何かあったのか……」

綸の顔色に気づいたようだ。

「一緒に来てください」

「一緒に？」

綸は清四郎の腕をぐいと引っ張った。

「お父上に何かあったんだな」

「話は歩きながらいたします」

綸は、清四郎を連れて上林の屋敷を走り出た。

上林家と朝比奈家は同じ街道筋にある隣町、小走りすればさして長い距離ではない。

綸が清四郎と屋敷に戻ると、まだ父の道意は眠ったままだった。

「これは清四郎どの……」

驚いたのは文ばかりではない。藤兵衛もおしのも、二人を驚いて迎えた。

清四郎は神妙な顔で道意の枕元に座り、道意の顔を見守った。

文は黙って頷いていた。綸が今何を考えているのか察したようだ。

一刻ほど経《た》った頃だろうか。道意が目を覚ました。

「綸……」

道意は真っ先に綸を見つけて安堵した顔を見せたが、すぐに清四郎に気づいた。

「清四郎どの……」

綸がそれを待っていたように道意に告げた。

「父上、清四郎さんと祝言を挙げます」

「何、まことか……」

道意は驚いた様子だったが、すぐに感極まった目で綸に手を伸ばして来た。

綸がその手を力強く握り返すと、道意は清四郎の顔を見て、

「清四郎どの、朝比奈家を、綸を、頼みましたぞ」

もう一方の手を清四郎に伸ばしてきた。

「はい。きっと、力をつくします」

清四郎もきっぱりと応《こた》えた。

「めでたい事じゃ。そうと決まったら、さっそく祝言の用意をいたしましょうぞ」

文が言う。

「おばばさま、綸は大げさなことは嫌いです。お祝いは朝比奈家と上林家の二家族だけでお願いします」

「綸、朝比奈家も上林家も、家の格式というものがあるのですよ」

文が窘《たしな》めた。

するとすぐに清四郎が言った。

「おばばさま、私も綸どのと同じ考えでございます。こちらさえお許しくだされば、大げさな式は挙げたくありません」

道意は頷いた。

「わしの命も風前の灯じゃ。こうなっては一刻も早く、二人が夫婦になるのを見たいものじゃ」

綸と清四郎の祝言は、翌夕、父道意の病床で行われた。

綸は文と道意に強く勧められて、あまり乗り気ではなかったが母の豪奢《ごうしゃ》な着物を身につけた。

間着《あいぎ》は白綸子《しろりんず》、それに唐織りの豪華な打ち掛けを着て、髪は下げ髪。薄化粧を施した綸の姿は、人形のようにあでやかだった。

一方の清四郎も、白小袖に肩衣袴《かたぎぬはかま》姿でまことに凜々《りり》しい。

二人が揃って部屋に入って来ると、控えている手代や女中たちから感嘆の声が上がった。

「見事じゃな。御武家の婚儀にも参りますが、綸どのの美しさは誰にも負けぬ。清四郎は果報者よな」

同席している上林徳順が思わず言った。

今日のこの式に同席しているのは、上林家では清四郎の義兄で当主の、宇治郷代官徳順夫婦と嫡男《ちゃくなん》の勝盛《かつもり》、上林家の番頭惣右衛門《そうえもん》の四人である。

朝比奈家は自身の屋敷内での婚儀という事もあって脇息《きょうそく》に寄りかかっている

道意と文、おしの、番頭の藤兵衛はむろんのこと、手代や女中たちも総出で部屋の隅に控えている。

綸と清四郎は、まず上林徳順夫婦、道意、そして文の前に進み出て、

「幾久しくお導きくださいませ。よろしくお願いいたします」

神妙に手をついた。

「固めの杯じゃ。清四郎どの、このばばからも綸をお頼みします。二人で朝比奈家をもり立ててくだされ」

文は声を張り上げると二人に御神酒《おみき》を注いだ。すると皆にも酒が注がれ、

「徳順どの。わしが亡《な》きあと、どうかこの二人を導いてやっていただきたい」

道意は不自由になった体を折って徳順に頭を下げた。

「そのまま、そのまま。ご安心なされ。綸どのは倅《せがれ》の勝盛とはひとつ違いだが、倅よりずっと大人じゃ。案ずることもあるまい。それに清四郎は、御茶師として立派に務められる腕を持っている。上林家と朝比奈家は共に手をとりあって参りましょうぞ」

徳順は道意の手を取った。

「ありがたい、これでわしも思い残すことはない」

「何をおっしゃる。まだまだお元気でいていただかなくては……先年亡くなった父も、道意さまとは苦労をともにして、この宇治の御茶に精魂を傾けてきたのだと申しておりました。今少し長生きをされて、清四郎と綸どのを見守っていただかなくては……」

徳順の言葉に、道意は嬉《うれ》しそうに頷いた。

宇治を束ねる代官家との縁組は、道意が望んでいたところだ。

祝膳《いわいぜん》が終わると、上林一家は道意の体を案じて早々に帰って行った。

「では、父上」

綸も退出しようとした。すると道意は二人を手招いて、そこに座れと命じたのち、二人の手をとって重ね、その重ねた手を自分の両手で包み、

「清四郎どの、頼みましたぞ」

じっと清四郎を見て念を押す。

綸も清四郎も、道意の目が濡《ぬ》れているのに気づいていた。

いつになく弱気な父の姿に心を残しながら、綸は自室に引き上げた。

「！……」

部屋に入ったとたん、綸は部屋の中に並べて敷かれている夜具《やぐ》を見て、一瞬戸惑いを覚えた。

父の容体が急変したことで抗しがたい力に背中を押されて婚儀を決行した綸だったが、心の片隅には、まだ小堀が住んでいるのだった。

清四郎と毎夜この部屋で過ごすという事に、素直に従えない自分がいた。だが、けじめはけじめだと、綸は思い直して夜具の上に正座して清四郎を待った。

ところが小半時も待ったものの、清四郎は部屋に入って来る気配がない。

——おやっ。

綸は、隣室の明かりが漏れてきているのに気づいた。隣室も綸の部屋になっているのだが、化粧部屋兼書見部屋となっている。

綸はその部屋で、このところ毎夜、父の御茶日記を読んでいる。

綸は立ち上がると、隣室への戸を開けて驚いた。清四郎が文机《ふづくえ》の前に明かりを引き寄せ、熱心に父の日記を読んでいたのだ。

「あ、すまんな」

清四郎は、入って来た綸をちらと見遣《みや》ると、

「これはお父上の日記だな。大変身につまされる」

真剣な顔で言った。

綸は側に座って清四郎の手元を覗《のぞ》いた。その手元に目を落としたまま、清四郎は言った。

「ご立派な方だ。私もこの日記で勉強させて貰《もら》うつもりだ」

「清四郎さん……」

「それと、綸どのに、いや、綸に話しておきたい事がある」

清四郎は文机に向けていた膝《ひざ》を、綸の方に回した。

「綸、無理をして一緒に休まずともよい」

綸は、はっとなった。この人は私の心の中を知っているのかと思ったが、すぐに切り返した。

「私が気に入らないのですか」

「では綸は、私を好いているのか……」

清四郎も切り返してきた。

綸は不意を食らったように言葉を飲んだ。

清四郎は告げた。

「綸が私を心の底から夫だと認めることができるとき、それまで私は待つ」

綸の頭は混乱していた。返す言葉が浮かばなかった。

「そんな顔をしなくてもよい。綸が私との縁談に二の足を踏んでいたのは分かっている。嫌みを言っているのではないぞ。私はずいぶん前から綸を好いていた……」

綸は目をぱちくりして清四郎を見た。

「綸は覚えていないかもしれないが、宇治橋の近くの馬場に馬市が立ったことがあったな。あの時からずっと、妻にするのなら綸のような女子《おなご》だと、ひそかに想《おも》い続けてきたのだ」

清四郎は照れくさそうに笑った。

綸は苦笑した。すっかり忘れていたが、清四郎の言葉で俄《にわか》に思い出した。

あれは確か十三になった年の、野や山に萩《はぎ》の花が枝いっぱいに咲いているのを見かけるようになったある日の事、宇治に馬市が立った。

綸は家の者の目をぬすんで出かけて行った。乗馬を習い始めたところで興味があったのだ。市ではちょうど馬に餌《えさ》をやる時刻で、馬喰《ばくろう》の大男に叱《しか》られながら、綸と年頃が同じくらいの少年が草をかかえて馬の間を走り回っていた。

大変だなと思って見ていると、突然馬喰が、

「この役立たずめ！　ただ飯食わしてやってるんじゃねえぞ！　お前なんぞわしが拾ってやらなかったら、とっくに狼《おおかみ》に食われちまってたんだ！」

大声で怒鳴りながら、鞭《むち》で少年の背中を打ち始めた。

「お許しを！　お許しを！」

少年は鞭に打たれながら泣き叫ぶ。

だが見物人は誰一人として、馬喰の大男を止めに入らない。

「止《や》めて！　許してやって！」

綸は叫びながら前に出ると、少年の前に両手を広げて立った。

初めは親子だと思って見ていたが、少年が拾われた子だと分かって思わず飛び出してしまったのだ。

「どこの娘かしらねえが、こやつを庇《かば》いたければ馬の一頭も買ってからにして

くれ」

馬喰の大男は、大きな黒目でぎょろりと見た。綸は言葉に詰まった。だが、その目はキッと馬喰の顔を見据えている。

「ふん、馬のいろはも知らねえ、買う銭もねえ小娘が出しゃばるんじゃねえ！」

馬喰は怒鳴った。

「馬のことなら知ってます。私、馬に乗れます！」

綸は叫んだ。すると、

「なんと生意気な。よし、それならこの馬に乗ってみろ、おまえがこの馬場を一周したなら、こ奴《やつ》を鞭で打つのを止めてやる」

側にいた馬の背を叩いた。

綸は、その馬の手綱を取って背に跨《またが》った。

「止《や》めろ、その馬は暴れる！」

少年が叫んだが遅かった。

馬は綸を乗せて馬場を歩き始めた。見物人から悲鳴のようなものが聞こえてきたが、綸は背を伸ばして馬場を進んだ。だが馬場の中程まで歩んだ時、突然馬は狂ったように走り始めた。

「止まれ！　止まれ！」

叫びながら綸は馬の首にしがみつく。

すると、馬が綸を振り落とそうとして前足を高く上げた。

「あっ」

綸は馬の背から落下した。だがその時、

「お綸さま！」

走って来た藤兵衛の腕に綸は抱き止められていたのである。

「藤兵衛……」

綸はほっとして大声を出して泣いたのだった。

その一部始終を清四郎が知っていたとは……綸は清四郎を見返して言った。

「あの子は風太《ふうた》郎《ろう》という名の捨て子でした。風太郎というのは馬喰がつけたようです。京のはずれの、地蔵堂の前に捨てられていたのだと後で聞きました」

「思い出したようだな。私はあの時、馬の暴走に気付いて走っていこうとしたのだ。そうしたら藤兵衛がひと足早く飛び出して……」

「まだ子供で、無茶なことを致しました」

「いや、立派だった。私が見たのは綸が馬に乗ったところからで、詳しい事情は後に人から聞いたのだが、あの時勇気を出して馬に跨り、艶《つや》やかな黒髪をなびかせて馬の手綱をとっていた綸の姿は天女のようであった。敢然と立ち向かった綸の姿に、私は感じ入ったのだ。このたびお互いの家の事情があったとはいえ、私は想い続けてきた綸と一緒になることが出来た。それだけで幸せだ。ま、いずれ綸も、きっと私を好いてくれると信じているがね」

「清四郎さん……」

「今は、お父上の病状のこともある。朝比奈家の婿《むこ》として、一刻も早く朝比奈家の御茶の仕立てを身体《からだ》に刻み込まなければならないのだ」

「清四郎さん……」

綸の胸の内で、ぐらりと大きく動くものがあった。これまで綸が清四郎に抱いていた印象は、軽佻浮薄《けいちょうふはく》に近いものがあった。だが、一方で、先日、少年を助けた一件や、率直に自分の生い立ちを語ってくれた清四郎の温かさも知るようになった。

――この人なら、本当に朝比奈家を一緒にもり立ててくれるかもしれない。

綸は、文机に向いた清四郎の横顔を新鮮な想いで見詰めた。

二

道意が亡くなって四十九日の法要は、亡骸《なきがら》を葬《ほうむ》った平等院で行われた。

悲しみの傷もまだ癒《い》えぬある日のこと、宇治は強い野分《のわき》に見舞われた。

前夜から降り出した雨は今朝になって雨脚が強くなり、軒や戸を揺るがすほどの強風も加わった。

清四郎は番頭と利助と三人で蓑《みの》を着て畑の見回りに出かけて行ったが、一刻を過ぎてもまだ帰ってこない。

祖母の文は仏壇に手を合わせて、ひたすら茶園《ちゃえん》の無事を願っている。

そして綸は、軒を打つ風雨の音に不安を抱きながら、道意の日記にある茶園に掛かる費用の概算が記されている箇所を読んでいた。

万が一、宇治川が決壊すれば茶園は全滅の憂《う》き目をみるし、そうでなくても豪雨によって畑の土は流されて茶の木の根は痛めつけられる。

ましてこの時期は、御茶の仕立てが一段落し、茶の木は枝の剪定《せんてい》を終えたところで、お礼肥《れいごえ》の干鰯《ほしか》をたっぷり施したばかりだ。

大雨で土壌と一緒にお礼肥が流されれば、茶の木が弱るのはむろんだが、多額の費用を要する追肥にさらなる大金をつぎ込まなければならない。

父の日記には、こう書いてある。

一、茶薗屎《ごえ》は、一反につき銀に見積もって二百五十六匁《もんめ》

　これは、干鰯、油粕《あぶらかす》、雑屎など七、八度につき

一、茶薗修理、覆《おお》いかけなど手間は、一反につき四十九人使用で、この賃は

　四十九匁

他にも覆いかけなどの材料費が、一反につき六十匁。

農具など九匁とあり、一反あたりの肥料代銀は稲作の五倍から八倍かかる。

他にも茶摘み、仕立て（製茶）による手間賃、燃料代まで入れると、反あた

りにかかる費用は、米十数石に相当する。

綸は大きくため息をつくと、

——失敗は許されない……。

と改めて藺畑を継いだ重大さをかみしめる。

ただでさえ不安なところに、例年に無いこの暴風雨。茶藺にどんな被害をもたらすのかと、綸はやり場のない危惧《きぐ》を胸に日記を閉じた。

——それにしても遅い……。

清四郎たちが案じられて、表の座敷に向かった綸は、

「大変です、旦那《だんな》さまが怪我《けが》をされたようです」

小走りしてきたおしのに告げられた。

「怪我を……」

綸は脇玄関に走った。

「綸さま、旦那さまは足を痛めました。歩くのは無理のようです」

ずぶ濡れになった利助が叫んだ。

「皆を集めてください！」

綸は背後のおしのに言いつけると、土間に走って蓑を取った。

「綸さま、綸さまはこちらでお待ちください、私たちが参りますので」

出てきた奉公人たちが綸を制したが、綸は構わず、

「風が強いから戸板より車にします。出して！」

利助に言いつける。

「分かりました」

利助は道具小屋に走った。車というのは、茶壺などを運ぶ荷車のことで、大人ひとり十分運べる。

利助が荷車を引っ張り出すと、綸は利助に外科医師宗風《そうふう》を連れてくるように命じ、暴風雨の中を先頭に立って茶薗に急いだ。

畑に到着すると、茶の木は根元が見えない程、水に没し、雨風に耐えているのが目に入った。見たこともない豪雨だった。

「こっちだ！」

藤兵衛が叫んで手を挙げている。

「清四郎さん……」

綸はずぶ濡れになりながら、蹲《うずくま》っている清四郎の側に膝をつく。

「足を取られて、鎌《かま》で足首を切ったのだ……」

清四郎は顔を歪めて告げた。

「皆で運んで、早く！」

手を振り上げて綸は指揮をとった。

清四郎を車に載せ、屋敷に到着するや、待ち受けていた宗風によってすぐに傷の手当が行われた。

「消毒は十分にやった。足首の大事な筋が切れているようだ。痛み止めを飲むが良い。ただ、高熱が続いたりすれば破傷風にかかった疑いがあるので注意が必要だ。そうなった時には命にかかわるかもしれませんからな」

宗風は恐ろしいことをさらっと言ってのける。少し酔っ払っているように見えるのは綸の気のせいなのか。

宗風は元は武士で、関ヶ原の戦いでは手柄を立てたということだが、何故《なぜ》か今は浪人の身で、いつも飲んだくれていて侍の威厳のかけらもないという評判の人だ。

ただ、金創《きんそう》の手当においては右に出る者はないというので、宇治の町では重宝されているのである。

「治るにはどれほどの日数が必要なんでしょうか」

綸は、玄関に送りながら宗風に訊く。

「傷口は十日もあれば癒える。案じることはあるまい」

宗風はそう言って帰って行ったが、その晩遅く清四郎は高熱に襲われた。

朝比奈家は重苦しい空気に包まれた。道意が亡くなってまだ間もない。

綸はつきっきりで、清四郎の額に濡らした手ぬぐいを置き続けた。

「お綸さま、私がつきそいます。お休みになってください」

おしのが綸を案じて交代を告げたが、綸は断って枕元《まくらもと》に座り続けた。後ろめたい気持ちが胸を覆っていたからだ。

清四郎が婿に入って三月《みつき》近く、二人はまだ真の夫婦ではなかった。清四郎は綸に指一本触れていなかった。

しかしだからといって、清四郎の家の中でのふるまいが不自然に映るという訳ではなく、朝比奈家の婿として、御茶師として、休む暇無く仕事をこなしてくれている。

父の仏壇にも毎朝手を合わせ、祖母にも優しい言葉を掛けてくれる。しかも父の日記を丹念に読みこんで、紙にも書き写したりして、徹頭徹尾《てっとうてつび》父道意の流儀に添ってやろうとしているのだ。

そんな姿を目《ま》の当たりにした綸の悩みが深くならない筈《はず》がない。心に決着をつけねばと思うものの、綸は足を踏みだせないでいる。

「あっ……」

綸は、清四郎の熱が下がってきているのに気づいた。

――よかった……。

ほっとして灯りを引き寄せ、清四郎の顔を見た。

まだ眠ったままだが、呼吸に合わせて上下する胸元が汗で光っている。

綸は、額に載せている手ぬぐいを手桶《ておけ》の中で濯《すす》ぎ直すと、清四郎の下着の胸を広げて汗を押さえた。

「あっ」

ふいにその手首を捕まれた。強い力で清四郎が摑《つか》んでいた。

「清四郎さん……」

驚きながらも綸の身体に何かが走った。するともう一度、ぐいと強い力が加わって、綸は思わず清四郎の胸の上に引き寄せられた。

「！……」

綸は、すぐ近くに、清四郎の顔を見た。狼狽《ろうばい》したその時、清四郎は力を抜いた。そして恥じたような笑みをみせると、

「世話を掛けたようだな」

綸の目を見詰めて言った。

綸は首を横に振った。

「もういい、私は大丈夫だ。休んでくれ」

綸の腕を放そうとした清四郎の手を、綸は握りしめて言った。

「いいえ、綸は大丈夫です。ここにいます」

野分は宇治に多大な爪痕《つめあと》を残して去った。

茶園を荒らして去っただけでなく、宇治川下流の伏見や六地蔵までも水浸し

になったと言う。

綸は朝方まで清四郎に付き添っていたが、熱がすっかり引いたのを潮に仮眠をし、再び夫の顔を覗いてから居間に顔を出した。

おしのがすぐに綸の膳を調えて、

「旦那さまのお粥《かゆ》も、まもなく出来上がります」

台所の竈《かまど》に走り、手際《てぎわ》よく鍋《なべ》の中をかき混ぜる。

「私、食事を終えたら薗畑を見てきますので、旦那さまをお願いします」

清四郎のことを頼んだ。すると、

「薗畑は番頭さんたちに任せて、お綸さまは旦那さまの側についていてあげてくださいませ」

おしのは言った。

「旦那さまはもう大丈夫です。熱も下がっていますから」

「でも、やっぱり旦那さまのお側についていてあげてくださいませ。旦那さまもお喜びになります。怪我をなさってお労《いたわ》しい限りですが、お綸さまがつきっきりで旦那さまの看病なさるなんて、私もお二人のことを案じておりましただけに、嬉しくて……」

綸はどきりとしておしのを見た。

おしのは綸が清四郎とまだ閨《ねや》を共にしていないことを分かって言っているのだろうかと思ったのだ。

「ごめんなさい。余計なことを言いました。でも私、旦那さまがどれほどお綸さまを想っていらっしゃるのか、よく存じておりますから……」

「おしのさん……」

「申し上げるのはよそうと思っていたのですが……いつだったか旦那さまは、こんな事をおっしゃいました。私も綸も、実の両親の顔も名前も知らない。災《さい》厄《やく》に見舞われて孤児となった身だ。そして私は上林家で、綸はこの家で大切に育てていただいたが、心の底で感じていた根無し草のような感覚は消えることはなかった。だが、その根無し草同士、互いに掴まりあえば根を張ることが出来るのではないか、綸とならそれが出来る、そう思っているんだと……」

綸は黙って聞いていた。

昨夜綸は、熱の下がった清四郎と目を合わせた時、清四郎の切ない目の色を見ている。

その時綸は、その目の色に、頼りなく揺れている自分と同じものを感じ取っていたのである。

清四郎は薬のせいなのか、再び眠りに落ちた。綸はその顔を見詰めながら、いまだ頭の片隅に、清四郎の胸に飛び込んでいけない自分があることの罪深さを考えていたのである。

「お綸さま……」

呼ばれて我に返ると、

「今戻りました」

藤兵衛が台所から居間に入って来た。

「人を雇って今日明日で土を入れ、油かすを施します。茶の木は傾いたものもありましたが、なんとか助かりそうです」

と報告をする。

「ありがとう。ほっとしました」

「それはそうと、長井家の番頭さんに会いまして妙なことを聞きました。秀頼さまが大御所さまの勘気《かんき》に触れたのではないかというのです」

長井家というのは御茶師長井貞甫《ていほ》のことで、元は平等院の候人で茶薗経営の歴史も古く、また織部とも深い繋がりがある御茶師である。

青茶の仕立てが現在の手法に集約されたのは、長井家が織部の意向を汲《く》んで研鑽《けんさん》し、完成させたものだと聞いている。

そういう織部との繋がりがあっての事か、長井家は織部好みの数寄屋《すきや》まで建てている。朝比奈家とは違った織部との親密さを持つ家なのだ。

「何があったのですか」

綸は膳を横に滑らせると、藤兵衛に向いた。

「お綸さまは、秀頼さまが方広寺《ほうこうじ》の改修をなさったという話は聞いていますね」

「知ってます」

「このたび大仏開眼《かいげん》の供養《くよう》を行う触れが出たのですが、大御所さまがそれに待ったをかけたそうです」

「何故です?……父上は生前、こう申しておりましたよ。大御所さまが方広寺を改修してはどうかと淀《よど》の方に進言なさったのだと……。豊臣家にとっては太《たい》閤《こう》殿下ゆかりの寺、そこで出費をいとわず復興することになったのだと……」

「それが、大仏殿の鐘銘《しょうめい》が気に食わぬ。徳川の行く末を呪《のろ》い、豊臣の繁栄を願う文言だとお怒りになっていると……」

「いったいどのような文言なのですか？」

「国家安康、君臣豊楽という文字です」

「国家安康、君臣豊楽……」

「家康という文字を分断している、さらには、豊臣を君として楽しむという意だと……」

「まさかそのような……」

綸は絶句した。

「鐘銘を起草した文英清韓禅師《ぶんえいせいかんぜんじ》とおっしゃる僧侶《そうりょ》。改修の指揮を執った片桐且《かたぎりかつ》元《もと》さま。お二人は慌てて駿府の大御所さまのもとに弁明のために向かったようでございますが、これで大坂方と徳川さまは、ますます難しい状況になるんじゃないかと……」

「まさか戦《いくさ》になるというのではないでしょうね」

綸の頭に不安がよぎったその時、女中が来て告げた。

「お綸さま、織部さまの御家来衆、沢井甚十郎さまがお見えになりました。小座敷に上がっていただきました」

綸は怪訝《けげん》な顔で藤兵衛と視線を合わすと、立ち上がって小座敷に向かった。藤兵衛もついてきた。

甚十郎は、裁付袴《たっつけばかま》を着けて座っていた。

「恐れ入ります。折り入ってお願いしたいことがございまして」

甚十郎は堅い表情でそう告げた。

そして懐《ふところ》から、油紙に包んだ一通の書状を出し、綸の前に置いた。

「この書状を、京の近衛信尹《のぶただ》さまのお屋敷に届けていただけませんでしょうか」

「これを私が……」

「はい、私が届けるつもりで屋敷を出たのですが、追尾《ついび》されていることに気づいて、急遽《きゅうきょ》こちらに参ったのです」

「追尾とは、何者ですか」

「分かりません。殿はここしばらく京のお屋敷に滞在されておりました。その間に、近衛さまとは毎日のように連歌《れんが》のやりとりをなさっておられて、先日木幡のお屋敷にお戻りになったのですが、連歌はまだ続いておりまして……」

「ではその書状は連歌なのですね……」

「はい、ただ近衛さまは豊臣家とは格別の繫《つな》がりがございます。うちの殿も両家の不和を案じられて、たびたび大坂にも足を向け、また大御所さまのところにも参っておりますから、誰かが殿の動きを深読みなさって屋敷を見張っているのかもしれません。それで、こちらのどなたかに近衛さままでお届けいただければありがたいと存じまして……」

申し訳なさそうに言う。

「分かりました、お任せください」

綸は頷いた。すると、

「お綸さま、私が参りましょう」

藤兵衛が膝を寄せてきた。

「お手紙は和歌だと伺いましたが、しかし相手はなんのために甚十郎どのを尾《つ》けているのか分かったものじゃありません。お綸さまに万が一の事があっては一大事」

「いえ、やはり私が参ります。まさか甚十郎さまに頼まれているとは思わないでしょう。甚十郎さまが今日こちらに立ち寄られたのは御茶をとりに参られた、ただそれだけのこと。何の不自然もございません」

綸は、きっぱりと言った。

綸と利助が、烏丸今出《からすまいまで》川《がわ》の近衛家の屋敷を辞したのは昼の八ツ過ぎだった。

門を出てまもなく、綸は背後から声を掛けられた。

「朝比奈家のお綸さまですね」

男は近衛家の門から走り出てきた。身なりは警護か何かの下級武士のようだが、綸に覚えがある筈はない。

だが、利助は気づいた。

「森家にいた手代の万五《まんご》郎《ろう》さんですよ」

綸は驚いた。

万五郎は利助に頷くと、綸に言った。

「今は近衛家でお仕えしている身でございます。森家があんな事になりました時に、私は旦那さまの書状を近衛さまにお届けしました。それが縁で給人としてこちらに抱えていただきまして」

森家は近衛家と深い繋がりがある。

今も五ヶ庄の近衛家領地で茶薗を営む森家というのは、宇治郷から追い出された森道言とは縁戚《えんせき》の間柄だ。

槇島城の戦いで信長に宇治を追い出された御茶師たちが、再び宇治の地に戻ることができたのは、森道言が近衛家に仲介を頼み、近衛家が信長を動かして成ったという経緯がある。

そういった古くからの主家と近衛家の繋がりがあって、万五郎も近衛家に家士の一人として奉公することができたのだろうと綸は察した。

「他でもありません。私は森家が突然つぶされたその経緯を、朝比奈家か長井家にお伝えしておきたい、そう思っていたのでございます。そうしたら、朝比奈家からお使いが参っていると同輩から聞きまして、こちらでお帰りを待っていたのです。お綸さまなら丁度良かった、少し時間をいただけませんか」

と言うのだった。

「是非、お聞かせください」

ずっと気にしていた事件だ。綸は即答した。

綸と利助は、再び近衛家の門をくぐり、木立の中にある東屋《あずまや》で万五郎と向き合った。

「なにからお話ししてよいものか、三年前の御茶の仕立てが終わってまもなくのことでした……」

万五郎は重い口調で語り始めた。

当時宇治の代官だった上林家と森家は、京都所司代板倉伊《い》賀守《がのかみ》から、この年九月に宇治・久世《くせ》両郡の検地を行う旨《むね》通知を受けた。

検地ともなれば、郷をあげての協力や接待などがあり、それに費やす人の数や金子は結構な額となる。

また、太閤検地が行われている上に、さらにいかなる視点で検地を行うのか、茶薗は米などに比べると一反当たりの石盛（薗高）が二倍近くで積算されるため、検地のやり方によっては重い税を課せられることになる。

森家は代官の一人として、御茶師仲間や宇治郷の百姓たちのために憂慮していた。

そこで森家は上林家に相談し、検地を考え直して貰うよう嘆願書を書こうとしたのだ。

だが上林家は、これを初め渋った。どう申し立てても、所司代がこうと決めたものを、ひっくり返すことはできない。睨《にら》まれるだけだと思ったのだ。

森家は上林家を説得した。われら二人が防波堤にならなくては御茶師は守れない。森家の強い口調に、上林家もついに折れ、負けて動いたという経緯があった。

二人はすぐさま嘆願書を京都所司代に届けたが、答えは上林家が予想していた通り、これはすでに決まっていることだと突き返されたのだ。

それが六月も下旬のこと、まもなくして、森家の畑は何者かに荒らされた。

薗畑のおよそ半分ほどの茶の木が、無残にも刈り取られ、畑一面に茶の木の残骸《ざんがい》が撒《ま》き散らされていた。

やがて宇治郷の百姓二人が夜の闇《やみ》を利用して畑を荒らしたことが判明した。二人が森家の畑から出てくるのを見た者がいて、森家に通報してくれたのだった。

すぐさま森家の番頭手代は、その二人を捕まえた。土間に座らせて、誰に頼まれたのか責めてみたが、百姓二人は口を一文字にして白状しない。

困り果てた森道言は、手代三人に申しつけ、百姓二人を京都所司代板倉の元に送ろうと考えた。

そこで手代三人は百姓二人に縄を掛け、森家を出発したのだが、宇治橋を渡ったところで浪人者に襲いかかられ、手代三人は百姓二人を置きざりにして逃げ帰ってきたのである。

ところがまもなく、奇怪な一報が森家にもたらされた。

宇治橋の袂の草むらで百姓二人が殺されている。下手人は森家の手代たちだと京都所司代板倉に訴えた者がいるというのだ。

「私たちは殺してはいない、旦那さま、嘘《うそ》はもうしません」

手代たちは森道言に訴えた。

「罠《わな》に落ちたのだ。森家をおとしいれるための罠だ。茶薗を荒らしたのも、その手始め。まさか百姓二人がやったなどとバレる筈がないと考えてのことに違いない。茶薗を荒らした百姓の背後には、きっと命令した黒幕がいる筈だ」

森道言はそういうと、手代三人を山科の、さる寺に匿《かくま》ってもらうことにしたのである。

まもなく、板倉伊賀守から、百姓を殺した下手人を差し出せと命じた封書が届いた。

上林家にも、百姓二人を殺害した者を捕まえて差し出せ、という書状が届いている。

だが森は、これを拒んだ。

ところが京都所司代は、山科の寺に匿われていた三人を見つけ出し、捕まえたのち、ひとことの申し立ても聞き入れずに斬首《ざんしゅ》したのだった。

そして八月の下旬になって、いきなり、

『代官を免ず。薗畑、家屋敷を没収の上、宇治を追放する』

三日のうちに立ち退《の》くよう京都所司代から通知があり、森家は一族郎党宇治郷を追い出されたのだった。

「そういうことです……」

万五郎は話し終えると、深いため息をついた。

私はその顚末《てんまつ》を、この近衛家に報告に来て、救ってもらったんだと万五郎は言った。

「森家の皆さま、番頭さんたちは、今どちらで暮らしているのですか」

綸が尋ねる。ずっと気になっていた事だ。

万五郎は力なく首を横に振った。

「どちらにいらしたのか、消息さえも聞こえてきません」

「いったい誰なのですか、森家を嵌《は》めたのは？」

利助が怒気を含めた声で訊《き》く。

「森家を宇治郷から追放したかったのは誰かということになりますが、徳川さまのご意向があったのは間違いありません」

綸は頷いた、

「すると、百姓二人を殺した輩《やから》、それに森家の者にその罪をなすりつけて京都所司代に訴え出た者は……」

利助が訊く。

万五郎は力なく首を横に振った。

「誰がやったのか分かりません。ただ、私が注目しているのは、上林家は助かった。助かったばかりか、その後、森家の分も含めて、上林家が代官として治めるようになった」

万五郎は冷たい笑いを見せた。

「まさか……万五郎さんは、上林家が森家失脚に荷担していると……」

「いや、それはないと思います。ただ、検地に対する森家の反発が強かった分、上林家が逡巡《しゅんじゅん》する姿は江戸幕府の意向を是認している、協力的だと、とられたに違いありません。上林家は槇島城の戦い以後この宇治で頭角を現してきた御茶師です。先を読む力、清濁併せ呑《の》む才覚は、他の御茶師は真似《まね》できない。上林家では先の関ヶ原の戦いにおいても、現代官の叔父にあたる人を徳川方に送って戦死させていますからね。命を賭《か》けて家の存続をはかってきた経緯がある。それに、徳川としても宇治郷代官の二人を一度に潰《つぶ》せば、その後の宇治郷の反発が必至なのを恐れたに違いないのです。一人は懐柔してこののちの宇治を統率してもらうが、一人はみせしめのために追放すると……」

「恐ろしいこと」

綸はつぶやく。

「そうです。恐ろしいことです。私がお伝えしたかったのは、その事です。森家、長井家、朝比奈家はいずれも昔から宇治郷で茶薗を営んでいた家です。森家と同じ轍《てつ》を踏まぬよう特に気をつけなければなりません」

「徳川さまに睨まれたら、ひとたまりもないということですか……」

利助が悔しそうに言った。

「そういうことです。まっ、お綸さまは上林家から婿を入れたということですから、大事はないと思いますが……上林家のように先を読む目をもっていなければ、御茶師の地位も茶薗も剝奪《はくだつ》され得るということです」

綸は、万五郎の言葉に頷《うなず》いた。

三

朝比奈家の跡目届けが受理されて、しかるべき機会に、綸と清四郎は将軍秀忠に謁見《えっけん》することになったのだが、八月も末の頃、綸を悩ます話が、今度は清四郎によってもたらされた。

「今日の御茶師の寄り合いで出た話だが、どうやら織部さまが大御所さまの意に反するようなことをなさったとかで、窮地に立たされているということだ」

清四郎は上林家で行われた御茶師たちの寄り合いから帰ってくると、開口一番綸にそう告げた。

「織部のおじさまが……」

綸は、文机で付けていた帳面から目を離し、清四郎に向いた。

なにしろ二十日ほど前に、万五郎から徳川家の意に添わないような事があれば、どんな制裁を受けるか分からないという話を聞いたばかりだ。

森家追放事件の経緯と顛末は、清四郎にも番頭の藤兵衛にも綸は話してある。

「秀頼さま改修の方広寺の大仏開眼供養に大御所さまが待ったを掛けた話は知

っているな」

「ええ、もちろん」

「鐘銘を起草した文英清韓禅師さまと片桐さまが駿府城に弁明のために向かわれたのだが、大御所さまは会ってはくださらず、本多《ほんだ》正純《まさずみ》さまのお屋敷に留め置かれ、二人は天海和尚《てんかいおしょう》、金地《こんち》院崇伝《いんすうでん》、儒者の林羅山《はやしらざん》さまたちから厳しく問い詰められ、結局文英清韓禅師さまは蟄居《ちっきょ》を申しつけられたそうだ。その文英清韓禅師さまを織部さまは茶会に招いてお慰めになった。その事が大御所さまの耳に届き、織部には反逆の意、これ有りやと、激怒されたというのだが……」

「まさか、織部のおじさまは、茶人として禅師さまに御茶を差し上げただけだと思いますが」

「いかにも……私も他意はなかったと思っているのだが……」

このところ大坂方への数々の難癖をつける徳川方のやり方には疑問を感じると清四郎は言う。そしてその知恵は、大御所をとりまく側近たちが競って言上するのだろうと。

今大御所に取り入っておけば、この先お家は安泰、立身も望めるとあって、大御所に耳触りのいいことを言上する者は多い。

本多正純、藤堂高虎といった御仁は、その最たるもので、近年大御所の意を忖度《そんたく》して、先へ先へと何かと画策しているという噂《うわさ》がある。

また、天海も崇伝も羅山も、皆、近年、大御所家康が手なずけた人物で、こたびの鐘銘事件を想定して厚遇していたのではないかと思えるほどだ。

「皆いわば同じ穴の狢《むじな》だ。同穴の狢の言動は、家康さまの底意をおもんぱかったものと言ってもよいだろうな」

清四郎は、厳しい口調でそう言った。

「するとおじさまは、今どうなさっているのでしょうか」

「さて、それだが、京におられるのか、伏見のお屋敷か、また木幡のお屋敷か分からんのじゃ。御茶師の仲間内では、利休さまのようにならねばよいがと案じているのだが」

「まさか縁起でもないことを……」

綸は呟《つぶや》いたが、すぐに言葉を繋いだ。

「織部のおじさまは、この宇治にとっては大切なお方です。御茶吟味役として御茶師との繋がりは親密です」

「だからこそ皆も関心があるのじゃ。あの大御所さまのことだ。織部さまに反逆者の烙印《らくいん》を押すかもしれない。そうなった時、この宇治の御茶師も何らかの不都合を被《こうむ》るのではないかと、皆恐れているのだ」

「薄情な方たちですね。私はそんな考えの方たちに与《くみ》しません」

綸はきっぱりと言った。

「だってそうではありませんか。さんざん織部のおじさまの力を借りておきながら、大御所さまに睨まれたというだけで、織部のおじさまから離れようというのですか。私はどうあろうとおじさまにお味方します！」

綸は怒りに震えた。

その脳裏には、あれほど織部を慕っていた小堀遠州が、このところ織部を避けている事に対する怒りがあった。

小堀が藤堂高虎の養女を妻にしているという点を考慮するとしても、義は義、恩は恩ではないかと綸は思うのだ。

利休が太閤秀吉の勘気を被り、蟄居を命じられて淀川を下って堺《さかい》に向かった時、淀の舟本（船着き場）まで馬を駆り、細川三斎《さんさい》（忠興《ただおき》）と共に密《ひそ》かに見送った織部を、小堀は知らぬ筈は無い。

小堀は自分などとはまったく別の道を歩み始めているのかもしれない。そう思うと、小堀の背がますます手の届かない遠いものに思える。

いや、今や歯がゆいのを通り越して怒りさえ覚えるのだ。初めて深く慕った人だけに尚のことだ。

せめて狡猾《こうかつ》な変節漢などではなく、めまぐるしく変転していく時の流れに身を任せなければならない事情があるのだと思いたい。

「綸、落ち着け……」

どうにもならない怒りに行きつ戻りつしていた綸は、清四郎の声に我に返ったが、

「まさか清四郎さんも、薄情な人たちと考えは同じなのではないでしょうね。大御所さまに睨まれた織部のおじさまと距離を置きたいと考えているのでしょうか」

清四郎に不満をぶつけた。

「違う。いい機会だ、はっきり言っておこう。私は朝比奈家の人間だ。綸の夫だ。綸と織部さまとの関わりもよく存じている。何がこの先起ころうとも、私は綸の気持ちに添って一緒に歩む」

清四郎は力強く言った。

「清四郎さま……」

「どんな事が起きてもだ」

「！……」

綸は目を見はった。このような強い言葉を清四郎から聞くとは思いもよらなかったのだ。

清四郎は綸の目を強く見詰めてきっぱりと言った。

「朝比奈家のために、いや、綸のためになるのなら私は命など惜しくはない」

「清四郎さま……」

綸は清四郎の手をとった。

「綸……」

清四郎も、綸の手を握りしめた。

「清四郎さま……私は、綸は、あなたの事を……」

見詰め返した綸の双眸《そうぼう》から、熱い涙があふれてきた。

「何も言うな。分かっている」

清四郎は綸を引き寄せると、強い力で抱きしめた。

二人の胸が合わさったその時、綸も清四郎の胸にしがみついていた。


「舟が来るぞー！」

宇治川の河岸に集まっていた人足たちは、その声をきくと、それぞれが引いてきた荷車を起こして、近づいてくる屎尿《しにょう》の樽《たる》を積んだ舟を待ち受けた。

荷車には御茶師の名を書いた木の札が立てられている。人足たちはそれぞれが、御茶師の家に雇われた者だ。

京の町から、鴨川《かもがわ》や桂川《かつらがわ》などを利用して舟で運ばれてきた屎尿の樽は、今度は宇治川を渡ってきて、宇治橋近辺の河岸に下ろされる。

すると人足たちは、屎尿の樽を車に積んで茶畑に運び、茶園に撒くのである。

この作業は、茶の芽が出た頃に施す最終の「色付け屎肥《しひ》」まで年に七、八回にわたる。

　労力も金もいる仕事だが、宇治の御茶が、その昔に天下一と称された栂尾の御茶にとって代わったのは、舟運の利用で得た屎尿のお陰である。

　栂尾は高山に有り、荷車さえも通せない不便なところで、良質の茶葉を作る屎尿を運べなかったのだ。

　屎尿の舟が宇治川の河岸に到着した時、それを采配《さいはい》するのは意気のいい若手の手代と決まっていて、朝比奈家は利助が張り切って人足の音頭を取っている。

「よし、本日は樽二十だ。足下に気をつけて運んでくれ。先にも言ったが茶薗には番頭さんが待っている。番頭さんの指示に従ってくれ！」

　声を張り上げると、

「へい！」

　人足たちは威勢のいい声を発して、荷車に屎尿の樽を積み、次々に河岸から出て行く。

「よし、もう一往復だな。荷を下ろしたら、もう一度こちらに来てくれ」

　利助は言い、入り乱れる人足や荷車をよけて土手に上がった。

――おや……。

利助は、屎尿舟に混じって、男を乗せた舟が近づいてくるのに目をとめた。

――上林家の弥吉《やきち》さんじゃないか。

男は顔見知りの、上林家手代の弥吉だった。

弥吉は難しい顔をして舟から下りると、土手を駆け上がって来た。

「弥吉《やき》っさん、どうしたんや、何かあったんか」

利助が声を掛けると、弥吉ははっと気づいて、

「大坂から帰ってきたんや、利助はん、戦になるで」

怖い顔をして言った。

「何、戦て、豊臣方と徳川方の戦のことか」

「他にどんな戦があるんや。旦那はんのいいつけで、大坂まで偵察に言ってきたんや」

「ほんまか」

「まだ今のところは、表だっては静かやけど、武具屋の話では、ぎょうさん浪人ものが大坂城に集まってるいう話や」

「宇治はどうなるんや」

「さあ……いずれうちの旦那はんが皆さんにも連絡する思うけど、そやからまだ、わしが言うたて、あちこちに言わんといてや。旦那はんに報告する前に利助はんに言うたて分かったら、わし、叱《しか》られるしな」

「分かった」

利助が頷くと、弥吉は慌《あわ》てて上林家に帰って行った。

利助は屋敷に戻ると、番頭の藤兵衛に報告した。

すると藤兵衛は、その夜、利助を従えて、夕食を終えた綸たちの前に進み出て報告した。

「利助は弥吉からその話を聞いたようでございます。いずれ代官家から知らせが参ると存じますが、一刻も早くお伝えしておかなければと思いまして……」

「綸、清四郎どの。ここはよくよく考えて動かねばなりませぬぞ」

側で耳をそばだてていた文が言った。

「ばばはのう。この朝比奈家に嫁いで十年目に槇島城の戦いを見ておる。あっという間に信長軍に蹴散《けち》らされて、もうこの宇治は地獄じゃった。家は焼かれ、人は死に、皆巻き込まれたのじゃ。そして五十代も半ばで今度は関ヶ原の戦じゃ。宇治は強者どもの通り道になった。伏見の町が落ちた時にも被災した人たちが押し寄せて来て、ばばたちは飯を炊《た》いて握り飯を作り、家を失い家族を失ったものたちを匿ったのじゃ。また、戦の決着がついたのちも、残党狩りでおちおち外にも出られなんだが、宇治が助かったのは、当時の代官だった上林家と森家の采配に間違いがなかったからじゃ」

「おばばさま。御茶師たちは御茶師たちで槇島に陣を敷いたと聞いていますが……」

「そうじゃ。茶筅《ちゃせん》の旗印でな。そなたの父上道意も具足を着けて陣の中に詰めていたのじゃ」

綸は神妙な顔で頷いた。

「感心したのは、陣は敷いたが、どちらに付くという旗印はあげなかったことじゃ。石田三成さまに付くとも徳川さまに付くとも、あからさまにしなかった」

「思いはただひとつ、この宇治を守るのだと……」

藤兵衛が言った。

「おお、そうじゃった。藤兵衛も一緒に陣内に詰めていたな。あの時、もう二度と戦は嫌じゃと皆思っていた筈じゃ。それがまた戦とは……」

文はため息をつくと、自室に引き上げていった。

まもなくだった。

「上林家からお使いです」

下男の粂吉《くめきち》が知らせに来た。

綸と清四郎、それに藤兵衛、利助が脇《わき》玄関に出て行くと、あの弥吉が待ち構えていて告げた。

「明日、緊急の御茶師の寄り合いを行いますのでお集まりくださいとの事です」

茶筅旗

一

上林家の大広間に御茶師五十余名が集まったのは翌日のこと、各家が倅《せがれ》や番頭なども連れてきていて、大広間には総勢百名を超す人たちが顔を揃《そろ》えた。

朝比奈家からは、綸と清四郎、番頭の藤兵衛も出席した。

「皆に集まってもらったのは他でもない」

中央に座す代官で御茶師頭取の上林徳順勝永《かつなが》が口火を切った。徳順の側には嫡男《ちゃくなん》の勝盛が座っている。さらには上林家の番頭二人に手代数人、縁戚の上林一族も上座に座った。

「大坂に不穏な動きがあるのじゃ。弥吉に調べさせたが、大坂の蔵元の米はすべて買い占められて、大坂城にむかって米俵を積んだ荷車が延々続いていたそうじゃ。また、浪人を召し抱えるという御札が街のあちらこちらに貼《は》られていて、毎日列をなして集まっているらしい。その数、街の噂では、十四、五万とも二十万ともいわれていて、武具鉄砲の類《たぐ》いも運び込まれているということだ」

険しい顔で徳順は言い、皆を見回した。

「それじゃあ戦がまた始まるということだな」

誰かが言った。

俄《にわか》に座が波立つようにざわめいた。

「まだハッキリとは分からぬが、近々そういうことになると見ている。それで集まってもらったのじゃ」

また皆のざわめきがあり、

「関ヶ原の折には槇島に陣を敷いたが、このたびもその心づもりが必要だというのだな」

中年の御茶師が尋ねた。

「そうだ。この宇治は戦のたびに通り道になる。われわれの地はわれわれの手で守らねばなるまい。旗印は茶筅、このたびも槇島に陣を敷く」

徳順が言った。

「何人出せばいいのだね」

年老いた御茶師が、立ち上がった。皆を見渡しながら言う。

「これから来年の御茶仕立ての準備に入る。茶の木の世話はむろんの事だが、竹の手配、葦簀《よしず》の手配、人の手配に加えて、新年の挨拶《あいさつ》状や贈答品、新しい茶《ちゃ》壺《つぼ》の発注と暇なしだ。御茶師が戦に出ていては、本来の仕事ができぬ。陣に詰める人数は極力少なくしてもらいたいものだ」

いかにも迷惑そうに言った。

「茶園《ちゃえん》の規模によって決めたらどうだ」

鼻の赤い男が手をあげて言った。

徳順は頷くと、

「茶園は皆で守るというのが基本だが、焙炉《ほいろ》が四つまでのところは一人、あるいは二人出してくれ。それ以上のところは、二人から三人は出してもらいたい。わが上林家は手代も含めて五人出す。総勢百人余の兵はほしい」

徳順の言葉には、切羽詰まったものが窺《うかが》えた。けっして絵空事ではなく、万端整えて、もしもの時に備えようという決意に満ちていた。

部屋にまたざわめきが起こった。

手だけあげて、座ったまま中年の女が言った。

「夫が臥《ふ》せっておりますので私が代わりに出て参りました。夫が案じているのは、どちらに付くのか、ということでした。御茶師頭取として、上林さまはどのようにお考えなのでしょうか……大坂方の旗を揚げるのか、徳川方なのか……」

「それが肝心なところだ。事を見誤っては、われわれの今後はない。槇島城の戦いの後に御茶師たちは辛酸を嘗《な》めた。私もその頃はまだ生まれてまもなかった訳だが、父の掃部丞《かもんのじょう》から聞いている。そういう目に遭わぬためにどうしたら良いのか……」

徳順の言葉に皆の声が瞬時止まった。

ひそひそと声が上がり始める。すると、一人の若い御茶師が立ち上がった。

「このたびの戦は、勝敗の鍵《かぎ》を握るのは徳川さまだと思うが、いかが……」

若い御茶師は同意を得るように皆を見渡す。

「そうであれば、我ら茶筅の旗は、徳川方に立てるべきや」

「待て！」

先ほどの年老いた御茶師が立ち上がった。

「お若いの、その歳《とし》では恩も義理も無縁なものと思われようが、この宇治が、碾茶《てんちゃ》を製する栽培の地として、これほどに繁盛《はんじょう》してきたのは、誰のお陰か……太閤秀吉さまのお陰や。その太閤さまに、最初から矢を向けるというのかね」

若い御茶師を睨んで言った。

「そうかな、敗者に連なっていては槇島の折の二の舞や。この宇治を追い出されるような事になっても良いと？」

「だまらっしゃい。まだ戦が始まってもいないのに、豊臣方が敗者と決めつける根拠は何か！」

「方広寺の一件をみても、誰も大御所さまに反論はできなかった。そういう時代になってきているという事や」

綸は、思わず膝《ひざ》を立てようとした。

「綸……」

その膝を、清四郎が小さな声で制した。そして首を横に振ってみせた。

老人の御茶師が若い御茶師を叱りつけた。

「いいか、若いの、縁起でもない話をするんじゃない。わしが大坂の縁戚から聞いた話では、関ヶ原で苦杯をなめた大名たちも参戦すると聞いている。そう簡単に決着がつくとは限らん。いや、どちらに軍配があがるか分からぬ」

若い御茶師も負けてはいない。すぐさま反駁《はんばく》した。

「昔は昔、今は今。先を読めなくては御茶師はつとまらぬのでは……。もっとも、爺《じい》さんはもう十分に生きたのだろうが、われら若い御茶師の未来はこれからや。常に勝者の側にいなければ明日は無い。敗者の旗の下に陣を敷くのはまっぴらや」

「貴様！」

老人の御茶師が顔を真っ赤にして、若い御茶師のもとに歩み寄ろうとしたその時、綸がすっくと立ち上がった。

はっと不意をつかれたように案じ顔で綸を見た清四郎と藤兵衛の視線を受け

ながら綸は言った。

「朝比奈家の綸です。槇島城の戦で、この宇治がどのような辛酸を嘗めたのか先ほども話がありましたが、碾茶の生産はこの地にだけ許された技です。その技は、どなたが国を治めるようになっても必要とされる筈《はず》です。義も恩も無視して、ただ勝者に走ろうとする御茶師の御茶は、香りも味も、その色も、美味《おい》しいものとなるでしょうか」

綸は静かに言った。

一同シンとして聞いている。綸は続けた。

「碾茶にこめる御茶師の真心、私は父の後を継いでから、切にその事を考えるようになりました」

清四郎の目が、すべての御茶師たちの目が、食い入るように綸を見つめている。

「まだ私は若く、経験も浅い者ではございますが、夫と日々研鑽《けんさん》していて思うのは、真心なくしては美味しい御茶はつくれないということです」

上林徳順が感じいった顔で頷いた。その横に座す徳順の倅の勝盛は、なかなかやるではないかと言わんばかりに感嘆の色を目ににじませている。

「御茶師の心を柱にして陣を敷くのであれば、やはり先の戦の時と同じく、どちらの旗の下にというのではなく、上林代官の采配で戦からこの宇治を守るという姿勢を貫く、それが最善ではないでしょうか」

綸は言い終えて一同の顔を見渡した。

「そうだ、どちらに賭けるかではない。この宇治を守るという一念で最善の道を選ぶべきだ」

老人の御茶師が皆を見渡して言った。

「それがいい」

「それしかあるまい」

多勢の御茶師たちが賛同の意を示した。

「皆の考えは預かっておく。状況をみながら決しようぞ」

徳順は言った。

御茶師たちの寄り合いがあってから一月が過ぎた。

豊臣徳川両方の不穏な噂は聞こえてきていたが、まだ戦が始まったという知らせは無かった。

そんな折、綸は木幡の織部の屋敷に、極上の御茶を届けるようにという連絡を受けた。

そこで半袋二つに御茶を入れ、それを小さな壺に詰め、利助に持たせて木幡に向かった。

半袋というのは碾茶を入れる袋の寸法のことだが、長さが八寸二分強（二十五センチ）、幅が二寸二分強（六・七センチ）の細長い筒状の美濃《みの》紙の袋で、これには碾茶が十匁《もんめ》（三十七・五グラム）ほど入っている。それを壺に入れ、さらに周りに薄茶に使う碾茶を湿気止めに入れて和紙で壺の口を封じるのだ。

通常はもう少し大きな壺に詰めて送るが、今日は小さな壺だから、大風呂敷《おおぶろしき》に包んで利助が抱えて運ぶ。

木幡の屋敷では、すぐに織部の居室に案内された。

「おう、来たか」

織部は、にこにこして綸を迎えた。

「お邪魔ではなかったですか……」

綸は、織部が向かっていた文机《ふづくえ》を、ちらと見て言った。織部は書き物をしている最中だったのだ。

「邪魔なものか、よく参った」

織部は嬉《うれ》しそうに手招いた。

利助が持参した茶壺を、綸が受け取り、織部の膝前に置いた。

「よしよし、持ってきてくれたか。綸、朝比奈家の今年の御茶はなかなかのできばえだったからの。特に青茶の出来が良かった」

「ありがとうございます」

綸は頭を下げた。

「綸に話したかどうか、わしも忘れてしもうたが、青茶は長井家の主が、その手法を考え出したことは知っているな」

「はい」

「長井家の主は草餅《くさもち》を作る時に青茶の製法を考えついたようじゃな。よもぎはゆでるといっそう鮮やかな緑色を発する。ならばお茶の葉はどうなのかと試してみたところ、蒸し葉にはない深い緑色になった。そこでさらに試行錯誤して今の青茶にたどり着いたという訳じゃ」

「良い事を教わりました。ありがとうございます」

綸が殊勝に頭を下げると、織部は嬉しそうに目を細めている。

「私は御茶師の仕事の奥の深さに、今圧倒されている日々でございます」

「ほう……」

「おじさまのお好きな青茶は湯引き加減が命、一方の白茶は蒸し加減が大切で、そこで失敗してしまったら良い碾茶はできないのだと、実際にいろいろ自分でやってみてよく分かりました。父は日記に湯引きや蒸しの時間まで書き残してくれているのですが、天候によっては微妙に仕上がりが違ってくる。最後は御茶師の勘がものをいうのだと分かりました。いつになったら、父のような御茶師になれるやら……おじさま、お元気で見ていてくださいね」

「よしよし、それで良いのじゃ。焦《あせ》ることはない」

織部が言ったその時、

「あっ」

綸は突然声をあげた。

「おじさま、そこの御茶入れは『勢高《せいたか》』ですね、そうですね」

綸は興奮して尋ねる。

文机に載っている唐物茶入れが、背丈が高く、どっしりした物だったからだ。

勢高茶入れはその昔、堺の町衆住吉屋《すみよしや》宗無《そうむ》が所持していた南宋時代の肩衝《かたつき》茶入れで、そののち織田信長の手に渡り、本能寺の変で砕けてしまったものを、織部が修復して愛用していると聞いていた。

「そうだ、綸には見せていなかったかな」

織部は微笑《ほほえ》んで茶入れを取り上げると、綸の膝前に置いた。

「拝見いたします」

綸は膝の前で、そっと手にとって茶入れを拝見した。

勢高は、胴の膨らみ、艶《つや》を抑えた落ち着きが窺える。しかも茶入れの蓋《ふた》の流線も美しく、これこそ気品を備えた茶入れだった。

「これを眺めていると世の憂《う》さも晴れる」

織部も、まじまじと眺め、文机の書き物をちらと見た。

「わしも七十を超えた。そろそろ身の回りを整理しておかなくてはと思ってな、今したためている織部百箇条も請《こ》われていた者に渡してやらねばならぬ」

「大修理どのって、大野《おおの》治長《はるなが》さまですね」

綸は、書き物の宛名《あてな》にある文字を見て訊いた。

大野治長とは、大坂の城で淀の方を守り、終始徳川方と相対している武骨者と言われている武将だ。織部の御茶の弟子であるのは皆が知るところだが、織部百箇条を渡すということは、愛《まな》弟子の中でも信頼が厚いということだろう。

——しかし今何故《なぜ》……。

突然綸は不安を覚えた。

先の方広寺の一件で、大御所家康に睨まれているというのに、織部は、近衛信尹、そして大野治長と、豊臣に近しい人たちばかりと親密に交わっているように思える。

「そうだ、綸、こちらに来てくれ」

綸の心配を余所《よそ》に、織部は思い立ったように立ち上がった。

居室を出て内縁を渡り、木立の見える座敷の前に吊《つる》してある鳥籠《とりかご》の前に立った。利助も二人に従った。

「これは、殿……」

甚十郎が庭の方から走り寄って来て跪《ひざまず》いた。

鳥籠には、メジロのチチが、綸たちがやって来たのを見て、忙しそうにあっちにこっちに飛んでみせてくれている。

「チチ、綸が来てくれたぞ」

織部はチチの籠をとんとんと指で叩《たた》いて挨拶をすると、鳥籠を下ろして縁に置いた。

「綸、チチを放してやろうと思ってな」

「おじさま……」

「黙って放せば、そなたに叱られるかもしれぬと思案していたところだ。一緒に山に帰してやろうじゃないか」

織部は鳥籠に手を掛けた。

「おじさま、お待ちください」

綸は思わず制した。

「なぜチチを放すのでしょうか……先ほどは織部百箇条をしたためておられました。お尋ねするのを控えておりましたが、綸はおじさまの事が案じられてなりません。おじさまはこの先のご自分の御身に危険が及ぶとでもお考えなのでしょうか」

堰《せき》を切ったように綸は尋ねた。

「はっはっ」

織部は笑った。そして言った。

「わしももう歳じゃ。何時《いつ》どうなるか分かったものじゃない。悔いのないように少しは身の回りをきれいにしておこうと思っているのじゃ、他意はない」

「そうでしょうか。私たち御茶師たちは、明日にでも戦《いくさ》が始まるのではないかと戦々恐々としております。おじさまも戦に参られるのですね」

「綸……」

織部はほんのしばらく黙っていたが、

「そなたのいう通りじゃ。何時戦になってもおかしくない。明日か明後日か……その日が間近だというのは間違いない。わしは全力で戦にならぬよう努めてきたのじゃが、大御所さまの野望の火を消すことはかなわなかった。戦になればわしも参らねばならぬ。今度はここに戻れるかどうか分からぬという気がするのじゃ。そうなるとチチを置いてけぼりにすることになる」

「私が面倒をみます」

「いやいや、チチも歳じゃ。もう十分わしらを楽しませてくれた。最後は自由に空を飛ばしてやろうじゃないか、のう、綸……」

織部は子供の目を覗《のぞ》くようにして綸の目を見詰める。

綸は、織部を見詰め返して頷いた。

織部の表情に並々ならぬ覚悟を見たからだった。

「甚十郎、チチの背中に弁当でも背負わせてやる事は出来ぬものかの」

織部は冗談をいいながら、チチを鳥籠から出した。

「さあ、綸、一緒にな」

「はい」

綸と織部は、チチを手のひらに抱き、息を合わせてチチを放した。

「チッ」

チチは短く鳴いて空に飛び上がった。

そして一度、二度、大きく旋回すると、山の方をめざして飛び立った。

綸と織部は、しばらくそこに佇《たたず》んで、チチが飛び立った空を見詰めていた。

二

血相を変えた藤兵衛が、清四郎と綸のいる居間に入ってきたのは、朝の食事中のことだった。

「旦那《だんな》さま、大御所さまが昨日二条城に入られたようですが、上林代官はじめ町役の御茶師たちの挨拶がないとお怒りのご様子、総勢十名ほどですぐに二条城に参り、二《に》心《しん》ないことを申し上げなければならないとのこと、朝比奈家も同行するよう回状が参りました」

藤兵衛は、上林家からの回状を、二人の前に差し出した。

「やはり締め付けが始まったのじゃな」

清四郎は回状を読んだのち、顔を上げて言った。

綸も読む。回状には上林家を筆頭に十名の御茶師の名が記されていて、清四郎の名もあった。

綸が織部屋敷を訪ねた十日後に、家康が駿府を出発したという知らせは、上林家の先の回状で知っていた。

上林家は、徳川と豊臣の両方に物見を送っている。

それも伊賀の者に豊臣方を探らせ、甲賀の者に徳川方を探らせるという周到な手を使っている。

その物見たちが、次々と状況を調べて送ってきていたから、御茶師たちは双方の動きについて何も知らなかったわけではなかったが、戦を前にして鳴りを潜めて状況を窺っている宇治郷を見て、家康が苦々しい顔をしたという事らしい。

むろん御茶師たちは、旗や鎧《よろい》を蔵から出して、万端整えてはいたのである。

「大御所さまにお目にかかるとなれば、衣服も整えねばなりませんね」

綸がおしのに命じて裃《かみしも》を用意させている所に、第二弾の回状が届いた。

――留守を預かる御茶師の面々は、早々に陣を敷くこと――

総大将は徳順が戻るまでは、倅の勝盛、補佐は上林家御番頭の惣右衛門とあった。

挨拶に赴くまでに陣を敷いておかなければ、いいわけが立たないということなのか。

いざとなってみると、御茶師たちは徳川家康におののいているのだった。

「これから来春の準備に忙しいというのに……」

清四郎は苦々しい顔で言った。

「藤兵衛と万事うまくやってみせます。こちらは私にお任せくださいませ」

綸はきっぱりと言ってみせた。

翌朝、宇治橋を上林徳順を先頭に、清四郎をはじめ総勢十名の御茶師たちが京の二条城に向かうのを見送ると、綸は家の者を座敷に呼んだ。

「懸念《けねん》していた戦が始まるようです。旦那さまは京に参りました。そこで、心配なのは来春に向けての準備のこと。大変忙しくなりますが手分けしてお願いします。人の確保、寒肥の施し、新年の贈答品の確保、半袋貼り、今回は三百五十は貼らなくてはなりません。それから葦簀の手配、稲藁《いなわら》の補充、きりがないほど仕事があります。そこで、それから一切の差配《さはい》を番頭の藤兵衛さんにお願いすることに致しました。私と利助は陣に詰めます」

綸は言った。

「お綸さま、私が陣に詰めます。お綸さまにもしもの事があったら一大事」

番頭の藤兵衛が気遣うが、

「大丈夫です。少しは槍《やり》の心得もあります。それに、番頭さんは腰に痛みがあると言っていたではありませんか。旦那さまが戻られるまでのこと、私に任せてください。番頭さんより私の方が素早く動けます」

綸は足を踏んで見せ、にこりと笑った。

翌日、槙島に御茶師たちは陣を敷いた。

天幕を張っただけの簡素な陣だが、陣の入り口や中程にしつらえてある御茶頭取や御茶師たちの軍議所にも旗がなびいている。

まずは総勢八十人近くが集まっているところに、御茶頭取上林家の嫡男勝盛が勇ましい甲冑《かっちゅう》姿で、数人の、これまた具足をつけた御茶師たちを従えて現れた。

その一行の後尾に姿を現したのが具足姿の綸。その姿が幕の内に現れると、足軽役の者たちから感嘆の声が上がった。

綸が具足の下に着けているのは綸子《りんず》の小《こ》袖《そで》、その上に黒の南蛮胴を着け、錣《しころ》、袖、草摺《くさずり》、佩楯《はいだて》は紅縅《くれないおどし》、兜《かぶと》の前立には朝日を表す日輪の印があり、兜の後ろからは束ねた黒髪がなびいている。

――綸、おぬしの姿に皆驚いているぞ……。

勝盛がちらと視線を送ってきて、にやりと笑った。

綸は澄ました顔で、皆の前に立って見渡した。

「さて……」

勝盛が陣設置の訓示を終えると、

「えいえい、おう！」

皆いっせいに鬨《とき》の声を揚げ、それぞれ決められた場所に走った。

ところが、京に向かった御茶師十名は、その後宇治に戻されることもなく、大御所のいる二条城に留め置かれたままだった。残った御茶師たちの不安は募るばかりである。

「ご報告！」

十一月に入って、甲賀者の報《しら》せがあった。

「先日、十日、将軍秀忠さま伏見城に御入城、すぐに京の二条城に入られましたが、まもなく奈良を経由して大坂に向かうようです。その折に旦那さま方はお戻りになられるのではないでしょうか」

甲賀者の物見は正解だった。

家康が秀忠と大坂に向かったその日、ようやく二条城に留め置かれていた御茶師たちは宇治に戻ってきた。

「いったい、何があったのです」

文の案じ顔に、

「我らを京に留め置けば、大坂に向かう街道筋の安全は保たれると思ったようだな」

清四郎は苦笑すると、文が老年とは思えない程張りのある声で言った。

「大御所さまは用心深いお人じゃな。御茶師に何が出来るというのじゃ。確かに昔は戦があれば皆率先して槍を持ち、刀を帯びて戦にでたものじゃ。しかしそれは戦国の世の話ではないか。清四郎殿、戦より御茶の仕立てじゃ。綸が手をとられていて、このばばが新年の挨拶状もしたため始めたところじゃった。ばばはもう腕が痛くて。頼みましたぞ」

両軍の戦闘は十一月十九日、木津川口で勃発《ぼっぱつ》した。以後、鴫野《しぎの》、今福《いまふく》、博労淵《ばくろうぶち》などで激しい戦いがあり、大野治長率いる豊臣軍は、ついには大坂城に籠城《ろうじょう》する。

宇治の平穏も終わりを告げ、茶筅旗の下に集まった御茶師たちは、代官徳順の指揮の下、街道筋を交代で見張らねばならなくなった。加えて徳川方に送られる近江からの米を、無事運べるよう街道通過の折りには、徳川方兵站《へいたん》部隊を警護するよう言いつけられたのだ。

大坂方は戦闘前に大坂の蔵屋敷の米をすべて買い占めている。一方の徳川方は二十万の軍を率いていて、早くも兵糧《ひょうろう》が尽きようとしていたのだ。

御茶師の各家では、台所の竈《かまど》すべてを使って、米を炊き、握り飯を作り、それを竹籠や木箱に入れていく作業に追われた。宇治御茶師の軍の食事と、徳川方兵站部隊の食事、両方を作らなくてはならなくなったのだ。

「おしの、皆に急ぐように尻《しり》を叩くのじゃ……それから、籠ごとに何個入れたか勘定しておくように、よいな！」

文が襷掛《たすきが》けで檄《げき》を飛ばし、朝比奈家の台所も大わらわである。

出来上がったおにぎりや大きな鍋《なべ》で作った汁物も、皆荷車に載せ、前もって約束していた休息地点まで運ぶのだった。

この騒動は、二日に亘《わた》って止《や》むことはなかった。

ただでさえ茶薗の世話で忙しい所に、思いがけない総出の作業を命じられて、休む暇も無い忙しさ。

文は腰を痛め、熱を出して寝込んでしまった。

「まさに鬼の霍乱《かくらん》だ……」

などと手代たちが冗談半分に笑うのを、

「何、いっとき休息するだけじゃ。鬼も時には休まねばなるまい」

文は減らず口をたたいて、

「イタタ、老人にはもそっとやさしくするものだ」

腰をさするおしのに注意をするのだった。

「しかし、あの兵糧だけではまだ足りぬ。徳川方の兵は二十万人と聞いている。これまでに何人の死者が出たのか分からぬが、兵糧が尽きれば徳川方が危うくなる」

宇治郷御茶師軍を指揮する徳順の言葉に、御茶師たちは不安に襲われた。大坂方が勝利すれば、徳川方に荷担した御茶師たちの立場が厳しいものになるのは目に見えている。案の定、

「真田どのが徳川方を撃退したようです」

物見の報告に、ますます足下のおちつかぬ日々が十日ほど続いた後、徳川方が決死の総攻撃に出たという報せが届き、まもなく和議が成立した事を知った。これで陣を引くことが出来ると一息ついたものの、陣撤収を決めたその日に、徳川方から『残党狩り』をするよう命令書が届く。

大坂を追われた兵たちが、宇治郷に出没するのは、これまでの戦でも証明済みだ。

御茶師たちは交代でその任に当たった。それと同時に、自身の茶薗の見回りも怠らなかった。

綸は、具足こそ脱いだものの、袴《はかま》を着け刀を帯び、利助たち三人の手代と茶園見回りに向かった。すると、

「田原に向かう閑道筋の無住持の破《や》れ寺《でら》に、数人の残党が潜んでいるのを、この目で見たんです。間違いありません」

百姓が血相をかえて綸に報告したのである。

「よし、皆、ついて参れ！」

綸は利助たちを伴って、百姓を案内に立てて破れ寺に向かった。

「あ、あそこです。寺の中に五、六人がいるようです」

百姓は手前の木立の中から寺を指した。

何時廃寺になったものか知らないが、庇《ひさし》は朽ちて落ちかけていて、寺の周りは灌木《かんぼく》と枯れたススキが密集している。

「お綸さま」

利助が小さく叫んだ。

たった今、近在の百姓十人ばかりが、鍬《くわ》や鎌《かま》を持って寺の中に入って行ったのだという。

「行こう」

綸は急いで廃寺に近づいた。

すると寺の一室で、力尽きて抵抗も出来ない残党たちの具足を百姓たちがはぎ取ろうとしているところが見えた。

「待ちなさい！」

綸は厳しい声を発して、その部屋に飛び込んだ。

「お、お綸さまだ！」

誰かが叫んで、百姓たちが驚いて綸を迎える。

「力尽きた者から追《お》い剝《は》ぎ同然にものを奪い取ろうというのですか」

綸は厳しく言った。

「こいつらは残党です。どうせ見つかったら殺される身や。わしらが取らんかったら他の誰かがはぎ取るんや」

「やめなさい。命からがら逃げてきた人を襲うなんて許しません。戦の勝負は時の運、この人たちだって好きで戦をした訳ではないでしょう」

百姓たちの顔に不満の色が広がった。

綸は、懐《ふところ》から銀の豆板《まめいた》を取り出すと、一人一人の掌《てのひら》に載せた。

「お綸さま……！」

百姓たちは過分な施しを貰《もら》って戸惑っているようだった。

「今日のところは、これで許してあげてください。後は私に任せてください」

百姓たちはぺこりと頭を下げると、逃げるように引き上げて行った。

「かたじけない」

落武者の中から頭らしき男が、這《は》いずるようにして前に出て来た。

「拙者は豊臣方に加勢した久賀《くが》親房《ちかふさ》の家臣で米田《よねだ》友二《ともじ》朗《ろう》、そしてこちらの三人は久賀家で足軽だった者じゃ。主久賀さまは、先の関ヶ原の戦で浪人となっておりました。こたびの戦を契機としてお家再興を願っていたのだが、三日前に無念にも命を落とされた。もはや戦を続けてもいかんともしがたい。我らとて母も妻も子もいる身、それでここまで落ちて参ったのじゃが……」

米田の腹の虫が鳴く。

するとその時、足軽たちの背後から、すっくと立ち上がった者がいる。まだ少年のその者の顔立ちに綸は見覚えがあった。

「虎吉、虎吉ではないか」

綸は思わず発した。

顔に炭をなすりつけ、すぐには誰と判別できないようにしているのだが、柴舟《しばふね》のあの虎吉に間違いなかった。その証拠に、虎吉の懐から、痩《や》せた白うさぎが顔だけ出してきょろきょろしている。

「みんな腹が空《す》いています。助けてあげて下さい」

虎吉は言った。

「どうして、どうしてこんな危ないことを……」

近づいて、虎吉の肩を摑《つか》む。

「おいら、落ち延びていく人たちに道案内をしてるんや」

「怪我《けが》をしたらどうするんです……命だってとられるかもしれないのに」

叱りつけるように綸は言った。すると虎吉は、

「柴を売るだけじゃあ暮らしていけねえ。だけど、子供のおいらは戦にはいけねえんだ。おいらは、お金を貯《た》めて、商人になるんや」

なんとも頼もしい話だが、綸は困惑の顔で虎吉を見た。

「見逃してくだされ、お頼み申す」

足軽の男たちが綸に縋《すが》り付く。

「分かりました。目をつぶりましょう。でもここは危険です」

「有り難い、恩に着ます」

米田が頭を下げたその時、

「その者たちは豊臣方の残党ではないのか」

背後で声がした。

振り返ると、具足姿の小堀遠州が配下の者二十人ほどを連れて近づいて来た。

「小堀さま……」

見返す綸に、小堀も驚いた様子で、

「綸どのではないか。残党ならば引き渡してもらおうか」

綸の側に近づいて来た。

「お綸さま……」

利助たちは青ざめている。

だが綸は、少しもひるまず小堀に言った。

「いいえ、この者たちは私が預かります」

「何……」

「この者たちは金で買われて参戦した者たちです。身分はいずれも百姓です。豆板銀ひとつを欲しくて戦場に行ったものです。だけど恐ろしくなってここまで逃げてきたようです。この者たちにとっては、豊臣も徳川もありません。食うがために行ったのです。小堀さまは、そんな末端の者たちまで引きずり出して首を刎《は》ねるとおっしゃるのですか」

綸の激しい言葉に、小堀は一瞬言葉を失ったようだった。

「殿……」

小堀の家来は気色ばんで、刀に手をかけた。

利助たちは、おろおろしている。

「綸どの……」

小堀は苦い顔で綸を見た。何を言っているのだという顔だ。

だが綸は、言葉を緩めることはなかった。

「お舅《しゅうと》さまのためにも、一人でも多く首に縄をつけて引っ張っていきたいところでしょうが、このような身分の低い者を連行しても、お手柄にはならないのではないでしょうか」

小堀は驚いて綸を見詰めた。そして、

「あの可愛《かわい》らしい娘が……蛍を手にはしゃいでいた娘が……綸どの、変わられたな」

失望したような目で言った。

「いいえ、私は昔のままです。変わられたのは小堀さまです！」

思わず綸は切り返した。同時に、はっとした。募らせてきた慕情が一転して、恨みと怒りに変貌《へんぼう》してしまったような、そんな強い口調になったことに、綸は気付いていた。

——これで、小堀さまとは二度と親しく接することはあるまい。

小堀との縁を自ら断ち切ってしまった綸の胸に、いいようのない寂寥感《せきりょうかん》が広がっていく。

綸は、唇を噛《か》みしめて小堀を睨《にら》んだ。

小堀も綸を見詰めていたが、その目の奥に哀《かな》しげな色が揺れている。

「殿、こ奴《やつ》らを、どうなさいますか」

小堀の家来が、怯《おび》えてひとかたまりになっている残党を見て、小堀に問うた。

「構うな、引き上げるぞ」

小堀は、綸の顔を見詰めたまま言った。そして、くるりと踵《きびす》を返すと、家来たちを引き連れて去って行った。

「……」

じっと見送る綸に、

「命を救って下されたこと忘れませぬ。せめてお名を、お聞かせ下され」

米田友二朗が片膝ついて頭を下げた。

綸は、視線を米田に戻すと、

「我らは宇治郷を守る御茶師の軍、ただただ戦が嫌いなのです。御茶師なら私でなくとも、皆さんのこと、お助けしたと思います。すぐに握り飯を持参させます。利助……」

と利助に向いて頷《うなず》くと、今度は虎吉に言った。

「虎吉、抜け道は分かっているな」

「おいらは柴を集めるために毎日山に入ってる。大丈夫や」

虎吉は胸を張った。

落城

一

明けて正月、つい先頃まで戦があったとは思えないような宇治の早朝、静かに茶園《ちゃえん》の朝靄《あさもや》が晴れていく。

清四郎と綸は、白幣《しらべい》を柄に差して神の依《よ》り代《しろ》とした細い竹と、ホシツキサンと呼ぶ小さな鏡餅やみかん、昆布に小海老《こえび》、洗米などを折敷《おしき》に盛りあわせ、それに鋤《すき》と鍬を持って茶園に立った。

これは『野まつり』という新年の茶園のまつりで、必ず茶園の主である御茶師が行う。

豊臣と徳川の和議が成立し、静かな正月を迎えたが、戦のために寒肥をはじめ春の茶摘みにむけた仕事が滞っていて、どこの家でも今年の正月は大わらわだった。

朝比奈家でも正月の祝《いわ》い膳《ぜん》を済ませると、まずは代官家の上林家に挨拶《あいさつ》に出向き、帰宅するや今度は焙炉師《ほいろし》や茶撰《ちゃよ》りの人々、摘み子たち、竹や葦簀《よしず》の買い付け先、茶筅《ちゃせん》その他の買い入れ先など、朝比奈家に関わりのある人たちからの挨拶を受ける。

その者たちには一人残らず屠蘇《とそ》と料理を振る舞い、土産を持たせて帰すのだ。

それが一段落すると、綸と清四郎は文机の前に座り、父の道意が残した日記を頼りに、毎年御茶を納める先に賀状を書き、賀状に添える品物の吟味をし、飛脚にこれを頼まなければならない。

賀状は朝比奈家の場合二百五十通はある。大名、お公家《くげ》、その家臣、商人に茶人の方々、それぞれに挨拶の文言は変えて書く。

賀状に添える品々も、桐箱《きりばこ》におさめた扇子や茶巾《ちゃきん》や茶筅など、相手の身分、納入の量などによって違ってくる。

加えてこの一ヶ月の間に、番頭手代小僧に至るまで手伝わせて、壺《つぼ》に納める碾茶を入れる小袋を貼《は》らなければならない。

この袋を半袋と呼んでいるが、紙は家康推薦の美濃紙。御茶師だけに許された特別の紙で、代官上林がまとめて拝領し、御茶師たちは上林家に受け取りにいかねばならない。

この特別仕様の紙で、ひとつひとつ、丁寧に半袋を仕上げなければならず、三百五十もの袋を貼らなければならない朝比奈家では新年の大仕事になっている。

清四郎と綸は、そういった忙しさの合間を見て、今朝薗畑に二人で立ったのだった。

むろん藤兵衛も利助も供をしている。

東の空から太陽の光が畑一面を照らし始めると、細竹を茶薗の片隅に立て、その側に茣蓙《ござ》を敷き、茣蓙の上に折敷を置き、酒を辺りに撒《ま》いて茶薗を清め、一同手を合わせて今年も良質の御茶が採れるよう祈るのだ。

この神聖なる儀式は子供にとっても格別に思えたのか、幼い頃に父の道意に連れられてこの場所で野まつりを行った時、神妙な気持ちで父と並んで手を合わせたことを思い出す。

「いい子だな、綸……」

あの時道意は、綸の手を両手で包んで、

「お手々が冷たいな」

綸の手に、息を吹きかけてくれたのだった。

「おととさま……」

綸は、道意の首に縋り付いた。

——あの時私は、父の愛情を肌で感じていた……。

その同じ場所に御茶師として綸は立っている。時の流れをしみじみと感じていた。

「旦那さま、もう戦はないのでしょうか」

祈りを終えると、番頭の藤兵衛が言った。

「いや、上林の兄の話では、徳川さまは国友《くにとも》に大砲を作るように命じたようだ」

清四郎は言った。

「そうですか、国友に大砲を……」

藤兵衛は大きく溜息《ためいき》をついて黙った。

近江長浜の国友鍛冶《かじ》は、種子島に鉄砲が伝来して後、堺、根来《ねごろ》とともに鉄砲を作ってきたが、今や戦があるたびにその技量を発揮し、長篠《ながしの》の戦いで信長が国友の五百挺《ちょう》の鉄砲を使用して勝利して以来、家康もこれを利用しているのだ。

「大御所さまは、豊臣の息の根を止めるまでやり遂げるのではないでしょうか。恐ろしい方です」

藤兵衛が言った。

何のための和議だったのか、噂《うわさ》では大坂城の堀を徳川方が埋め始めたという。

「御茶の仕立てと戦の時期が重なればお手上げだな」

清四郎はため息まじりに言う。

不安を託《かこ》ちながら屋敷に戻ると、門前に太神楽《だいかぐら》がやって来ていて、獅子《しし》が二つ、笛と太鼓に合わせて幣《ぬさ》と鈴を振りながら踊っていた。

毎年やって来る『伊勢の神楽』である。

門前には文をはじめ家の者たちが出てきていて、春の福を呼ぶ神楽に目を細めている。

綸もしばらく眺めていたが、おしのが用意していた懐紙に包んだ祝儀を舞い終えた男に手渡した。

「こりゃあどうも……ありがとう存じます」

男は頭を下げたが、すぐに、

「命を助けていただきました、あの時の者です」

というではないか。

「あっ……」

綸は驚いた。廃寺で助けた残党の足軽だったのだ。

あの後、綸は、残党たちに三日分ほどの握り飯を持たせ、虎吉の案内で山の中に入って行く彼らの後ろ姿を見送っている。

逃げ延びたのかどうか案じていたのだが、

「無事だったのですね」

綸は嬉《うれ》しかった。

「はい、皆無事でした。私はもともと神楽舞をやっておりましたので、こうしてなんとか食っております」

「では米田さんは？」

「はい、家族のもとに帰っていきました。ただその後、どうされているのか知りませんが、別れる時に、助けていただいたご恩は忘れてはいけない、そのように申しておりました」

「よかったこと……」

　すると、男はさらに小さな声で告げた。

「豊臣方の残党狩りが続いています。捕まれば、その日のうちに首を刎ねられているときききます。あなたさまは命の恩人です」

　男は頭を下げると、仲間と次の門に向かって行った。

　その後ろ姿を見ながら、戦のない事を綸は願った。


　いよいよ道意が亡《な》くなってから、初めて御茶の仕立てをする季節になった。精神を統一して臨みたいところだが、豊臣方と徳川方の溝は深まるばかり、再び戦火を交えるのも時間の問題になっている。

　代官上林が放った物見が送ってくる情報では、家康は大坂城の堀を埋めたばかりか、豊臣家の移封《いほう》を要求し、はたまた淀殿を人質に出せなどと、矢継ぎ早に難題をふっかけているのだという。

豊臣方がけっして呑《の》みそうにもない条件を提示して追い詰めていく。大御所家康の狡猾《こうかつ》な策は、あまりにもあからさまで、御茶師たちは暗い気分になるのだった。

そんな折り、御茶の仕立てを前にして、代官上林家は御茶師を招集した。

朝比奈家は清四郎が出席し、寄り合いから帰ってくるなり、清四郎は難しい顔で綸や藤兵衛に告げた。

「いよいよ御茶師たちの格付けが始まるようだ」

「何をもって格付けするのでしょうか。決めるのは織部さまですか、それとも京都所司代さま……」

綸が訊《き》く。

「さて、それは誰なのか……」

そのことについては、清四郎は聞いていないと言い、首を傾《かし》げた。

「しかし、そうなると、選に漏れた御茶師は、これまでのように御茶を商うことができるのですか……御茶師同士の繋《つな》がりが壊れてしまうのではありませんか」

藤兵衛は言う。

「私もそれを案じている。御茶師に階級を付ければ統率しやすくなるだろうが、格上の者に格下の者が、物を言えなくなる。これまでのように自由に、思うところを口にする事はできなくなるだろう。大御所さまは、宇治の御茶師の手足を縛ろうとなさっている」

清四郎の言葉には、怒りが込められていた。

これまで宇治の御茶師たちは、御茶の製法について仲間に問われれば惜しげも無く教え合い、共に発展してきたのだ。

だが、御茶師に階級をつけたなら、自分が信じる御茶の仕立てを他の御茶師に話して互いに研鑽《けんさん》するというような事はしなくなる。秘策は門外不出にしなければ足を掬《すく》われる。

いずれにしても、御茶師同士の絆《きずな》は次第に崩れていくに違いない。

――嫌な世の中になる。

綸がそう思った時、

「皆も動揺している。余所の茶園には負けられない。そう思っている者も多い筈《はず》だ。御茶師同士のせめぎあいが、もう始まっているのだ」

清四郎は不満を口にした。

清四郎が予測した通り、御茶師たちは不安を抱いたまま、茶摘みが始まった。

綸は、蒸し方、茶撰り方、そして焙炉師の部屋を回って、気を抜かぬよう、引き締めてほしいと訓じた。

昨年、摘み子のおみつと噂になった焙炉師の六之助も、元気な顔を見せてくれて綸もほっとしたのだった。

おみつについては、引き手のおとりが、上林家の摘み子を受け持つ引き手と話し合って、上林家で使ってもらう事になったという。

そのかわりに、上林家の摘み子を一人、朝比奈家に入れたのだと言い、

「おみつさんも元気に働いておりますから、何も案じることはありません」

おとりは笑った。引き手の如才ない采配《さいはい》に綸は驚いていた。

このまま無事、御茶の仕立てが終わるよう御茶師たちは願っていたが、

「大御所さまは、諸大名に下知状《げじじょう》を出されました。皆伏見に集結するようにと……」

代官上林家からの回状を読んだ藤兵衛が綸に伝えた。

「また陣を敷けとおっしゃるのでしょうか」

今は宇治茶精製の最盛期ではないか。誰もが不満と不安で、ぴりぴりしていたある日、突如宇治郷に大軍がやって来た。

藤堂高虎の従弟の良勝が、宇治川の警備を行うという名目で宇治に布陣したのだった。

この時期、さすがに茶筅旗を立てよと命じることは出来なかったようだ。ただ、具足姿の足軽雑兵《ぞうひょう》が町中に溢《あふ》れ、宇治郷に多勢来ている若い摘み子たちをからかったりするのを見て、御茶師たちは神経を尖《とが》らせた。

なにしろこの時期、宇治郷には数千人の御茶生産にかかわる人たちが集まっている。兵たちとの間で、何かひとつ悶着《もんちゃく》を起こせば、宇治郷はどんな難題を突きつけられるかもしれないのだ。

それも威勢を誇る藤堂高虎の家来となると、こちらの言い分など聞く耳を持つまい。

御茶師たち有志は早々に二条城に挨拶に赴いて、恭順の意を表してはいたものの不安は尽きなかった。

朝比奈家では不安がもうひとつ生じていた。文が風邪を引いて寝込んでしまったのだ。

「何、案じることはない。ばばのことは気にするな。それより、美味《おい》しい御茶を仕立てておくれ。織部さまに褒めていただくような御茶をな」

文は気丈に言うのだったが、いかんせん高齢だ。

何か美味しい魚でもと、綸は自ら宇治橋近くにある魚屋に出向き、鯉《こい》一匹を買い入れて、屋敷に届けるよう頼むと、その足で上林家の茶薗で摘み子をしている、おみつに会いに行った。

茶薗の前で待っていると、呼びに行ってくれた上林家の手代が、おみつを連れてきてくれた。

「お綸さま……」

おみつは感極まったような顔で頭を下げた。

「元気でやっているようね」

綸が尋ねると、おみつは笑顔で頷いた。

「よかった、少し気になったものですから」

「お気遣いいただいてすみません。私、もうほんとに大丈夫ですから……ほんとの事いうと、朝比奈家で働いてたら、私、六之助さんとのこと、歯止めがきかなくなっていたかもしれません。あの時、ああして途中で家に帰されたこと、良かったと思てます」

恥ずかしそうにおみつは言った。

「それを聞いて安心しました」

綸は、ほっと胸をなで下ろした。

「ありがとうございました」

おみつは笑顔でぺこりと頭を下げると、ぴょんぴょんと飛ぶようにして茶薗の中に戻っていった。

二

織部の家臣、沢井甚十郎が血相を変えてやって来たのは、御茶の仕立ても終盤となった頃だった。

甚十郎は息を切らし、目を血走らせていて、何か異変が起きたのだと綸は察知した。案の定、

「綸どのにはお伝えしておかなければと参りました。綸どの……無念でござる」

甚十郎は、小座敷に上がるや嗚咽《おえつ》した。

「おじさまに、何かあったのですね」

早鐘のように打つ胸を押さえながら綸は訊いた。

「殿は、む、謀反《むほん》の罪で京の屋敷でとらえられましたぞ」

甚十郎は、ぐいと顔を上げ、綸を見て叫ぶように告げた。

「謀反！……何が謀反なのです！」

綸は思わず声を荒らげた。

なにしろ織部自身は徳川方に身を置いている。

そればかりか、長男の山城守《やましろのかみ》重嗣、次男で前田家家臣となっている重尚、池田家家臣となっている三男の重広、五男の重久などは徳川秀忠の家臣で、いずれも徳川方に属している。

　四男の重行だけが豊臣方で、織部が本当に謀反を起こしたとなると、子息四人の犠牲もやむなし、見殺しにした上での事となる。

綸はとっさに、そんな話はあり得るはずが無い、と思った。

「寝耳に水の話です」

　甚十郎が悔しそうに話し始めた時、清四郎も藤兵衛も甚十郎の異変に気付いて小座敷に入ってきて座った。

「実は三日前の二十二日、私も殿と一緒に京におりました。その日、二条城では本多正信《まさのぶ》さま、正純さま親子と土井《どい》利勝《としかつ》さま、そして藤堂高虎さまの軍議が行われたと聞きました……」

　織部はその噂を聞いて、

「いよいよ戦《いくさ》だな。お前は伏見に帰ってわしの具足を整えておけ」

甚十郎はそう言われて伏見の上屋敷に立ち寄り、それから木幡に戻ったのだった。

ところが、木幡の下屋敷につくや否《いな》や、京の日ノ岡で織部の娘婿《むすめむこ》の大津代官鈴木左馬介が、かねてより左馬介を敵と狙《ねら》っていた戸田某という輩《やから》に討ち取られたという報せが入った。

更に翌日には、京都所司代板倉伊賀守が、この事件を配下の者に調べさせたところ、左馬介の下僕がうち捨てた挟み箱に、大坂方への密通の書と、一揆《いっき》蜂《ほう》起《き》の回文が入っていたというのである。

「その回文の内容だが……」

甚十郎は悔しさをにじませる声で告げた。

「京に集結した大御所家康さまと将軍が、大坂に向けて出陣するのを見届けて京の町に放火、徒党を指揮して大坂方と呼応して大御所と将軍を挟み撃ちして、徳川方を殲滅《せんめつ》するという文章だったそうですが……」

「馬鹿《ばか》な、そんなおろかな事を織部さまがする筈がない」

清四郎はすぐさま言った。

甚十郎は頷いて、話を続けた。

「時を置かずして、首謀者は古田家の家老職木村宗喜だと所司代に密告した者がいたようでして……」

「また密告の話か……」

清四郎はため息をつく。

「木村さまとは、茶頭もなさっていたお方ですね」

藤兵衛が聞き返す。

「そうです。その木村さまが陣頭指揮を執ることになっていたというのです。木村さま他浪人二十名ほどと島津家の連歌師、この方は昨年十一月お亡くなりになった近衛信尹さまとも昵懇《じっこん》の仲だった方ですが、皆謀反の嫌疑で捕まりました。そして一昨日、殿がとらえられてしまいました……」

――島津家の連歌師……近衛さま、そして織部のおじさま……連歌で繋がる人たち……。

俄《にわか》に不安が胸に広がり、

「おじさまが……縄を掛けられた……」

綸は呆然《ぼうぜん》とした。

「甚十郎どの、殿さまは罪を認められたのですか」

清四郎が訊いた。

甚十郎は首を横に振って否定した。

「殿はその時おっしゃったそうです。『大事ない、わしはお縄を掛けられるようなことは何もしておらぬ』と……泰然としておられたようですが、大御所さまに申し開きをする機会も与えられず、伏見で蟄居《ちっきょ》となりました」

清四郎も藤兵衛も、言葉を失っていた。

――策謀だ。でっち上げだ。

綸は、心で叫んでいた。

清四郎は怒りの声で言った。

「方広寺鐘銘事件の時から、大御所さまは織部さまを遠ざけていたと聞いている。昨年の戦のおりに、織部さまは自身の陣地を離れて佐竹さまの陣地をお訪ねになり、持参した御茶を点《た》てて一服されたということですが、その折り頭にお怪我をされた。ところが我が陣地でなかったために大御所さまの不興を買った。このような時勢に陣を離れ、あまつさえ怪我をするとは、心得違いも甚だしいと不快感をあらわにしたという。織部さまは弁明に向かわれたが、大御所さまはお会いにならなかった。その時から、大御所さまの頭の中には、織部さまへの疑念が強くなっていったのかもしれませんな」

「わが殿は太閤《たいこう》さまの覚えがめでたかったお方です。大御所さまには最初からお気に召さなかった。殿もそれはご存じで、徳川さまのために随分と尽力して参ったものを……」

甚十郎は怒りの言葉を発すると、慌《あわ》てて木幡に引き返して行った。

何か新しい報せがあれば報告すると約束してくれたが、もはや綸は、食事も喉《のど》を通らなくなった。

思い起こせば木幡の屋敷でメジロのチチを、織部と一緒に放した時に、嫌な予感がしたのだが、

――それが現実となってしまった……。

綸は、この先の恐れをぬぐい去ろうと、父親の日記をむさぼるように読み、清四郎と藤兵衛の助けを借りて、蒸し場や焙炉場、茶撰り場を休みなく往復し

た。

次第に綸の顔色は、青白くなり、目は研ぎ澄まされたように険しくなっていった。

「少しお休みくださいませ」

おしのが言ってくれるが、綸は聞き入れなかった。その様子は、何かに憑《つ》かれたようだと、ひそかに案じる者も出て来た。

清四郎も藤兵衛も、綸には何も言えなかった。ただ黙って綸に手をさしのべ、心に寄り添い、一緒に新しい朝比奈家の碾茶《てんちゃ》生産に力を合わせた。

その間に、大野治長の弟治房《はるふさ》が京で捕まり斬首《ざんしゅ》されて鴨の河原に晒されたという噂が入り、翌日には大坂城が炎上して落城し、淀殿、秀頼公、大野治長など皆自刃《じじん》したと報せが入った。

——織部のおじさまはどうなるのか……。

助かるに決まっている。織部は御茶吟味役ではないか。

今年の御茶が出来上がった時、吟味する織部がいなかったら、大御所だって困る筈だ。

きっと蟄居は解かれる筈だと、綸は念じていた。

あれ以来、甚十郎から報せがないのにも、心理的には救われていた。

御茶が仕上がる頃には、織部は解放されると思い始めていた。

だが、御茶の仕立てが終わりを告げる頃になっても、織部解放の報せはなかった。

綸は、折敷に載せた碾茶を手に嗚咽した。

――この御茶を、織部のおじさまに試飲してほしかった……。御茶師として初めて仕立てた碾茶だったのに……。

最も評価を聞かせてほしかった父と織部に披露する事が出来ない虚《むな》しさ哀しさは言葉には表せない。綸は歯がみした。

翌日のことだった。上林家で行われた御茶師の寄り合いから帰宅した清四郎が言った。

「綸、御茶吟味役は小堀遠州さまと決まったようじゃ」

「あっ……」

綸は、小さな声を上げた。

御茶吟味役が小堀遠州に代わることも、御茶師たちの格付けも、皆織部がその地位から引きずり下ろされたあとのこととして、すでに手を打たれていたのではないか……。

綸は暗澹《あんたん》たる気持ちで立ち尽くした。

「綸、聞きましたよ」

綸が薬湯を持って部屋に入ると、文は半身を起こして言った。

「織部さまは、伏見のお屋敷から、木幡に移られたと……」

綸は頷いた。

文は、大きなため息をついて、

「伏見の上屋敷は、お取り上げになるということか……」

「……」

綸は黙って薬湯を文の前に置く。応じる言葉も見つからない。

「戦が終われば大御所さまも織部さまには情けをかけて、領地半減などの策を講じて罪は問わず……そういう事になるのではと、ばばは思っていたのじゃが、どうもそうではないらしいな」

「はい……私には信じられません」

「信長さまや太閤さまの時代には、茶湯御政道と言われるほど茶の湯に重きをおかれていた。国ひとつと茶入れひとつが同格といわれたほどじゃった。それだけに権勢の中に居る御茶堂と呼ばれる御茶道指南の利休さまなどは、計り知れない力を持っていた。なにしろ、大名も御茶堂とは師弟関係にある訳で、御茶堂の言葉には喜んで従った。事が御茶道に関することだけじゃない、御政道においても師の言葉は無視できなかった。御茶堂は槍《やり》や刀や鉄砲を持っていなくとも、茶筅ひとつで絶大なる地位にあったのじゃ。利休さましかり、織部さましかり……」

　綸はばばの話に頷いた。

「だから徳川さまも、天下を掌握なさるまでは織部さまを大切に遇された。織部さまのお力を大いに利用された訳じゃ。手《て》強《ごわ》い相手を織部さまに説得してもらって服従させた。そういう大名は一人や二人ではない筈じゃ。織部さまを使って自分にはむかう大名を味方につけていったのじゃ」

「ならばなぜ……」

「もはや目の上のたんこぶ、大御所さまはそう判断されたに違いない。ならば、ここで先々に憂《うれ》いを残さぬようにと考えた、それが織部さま排除にいきついた……」

「卑怯《ひきょう》ではありませんか」

綸は怒りに震えた。

「そうじゃ、卑怯じゃな。したが、この世は、どんな手を使っても天下を掌中におさめた者が正義となるのじゃ」

「では織部のおじさまは、どうなるというのですか……」

その先は口に出すのも憚《はばか》られた。恐ろしくて言えなかった。

文は哀しい顔で頷いた。

「最悪のことも考えておかねばならぬ」

「おばばさま」

「綸、織部さまにお会いしてくるのじゃ。織部さまもきっと喜ばれる」

綸は頷いた。綸は呼吸を整えると、

「ひとつだけ、ずっと気になっていたことがございます。綸の出自です。私は伏見が火に包まれた時、泣いているのを誰かに助け出され、そののち織部のおじさまの手に渡され、こちらの養女になったと聞いています。おばばさまは、綸が、どこの誰の娘かご存じでしょうか」

覚悟を決めた目で文に尋ねた。

文は、じっと綸を見詰めた後、言った。

「綸は、どこの誰のお子だったのか、ばばは聞いてはおらぬ。織部さまは父上と親しかったから、父上は聞いていたかもしれぬな。だがこのばばには話さなかった。ばばも強いて聞かなかった。だがな、綸。聞かなくとも綸を見た時、ああ、この子は武家の娘だと分かった。綸が着けていた綸子《りんず》のおべべ、利発な顔立ち、一見しただけで、綸は身分のある方のお子だったんだと、ばばはそう思ったのじゃ……」

綸は、聞き漏らすまいと目を見開いている。

文は、薬湯を一口飲んで、続きを話した。

「綸はここに連れられてやってきた時、恐ろしい目に遭ったことで、父の名も、母の名も記憶から消えていた」

綸は頷いた。未《いま》だにその時のことは、模糊《もこ》として霧の中だ。

「織部さまは、このばばと以与に、こう申されたのじゃ。『綸は、わしの娘だと思ってくれ。ならばなぜ手元に置かぬのかと思うだろうが、わしはこの娘を侍の家の子にしたくないのじゃ。二度と、戦火の中で泣き叫ぶような目に遭わせたくないのじゃ』と……」

「おじさまがそんな事を……」

文は頷いて、

「綸は、織部さまのお手に綸を渡して下された女子《おなご》が誰だったのか知っているのかえ」

綸は首を横に振った。

「落飾《らくしょく》前のおねさま、今の高台院さまの側近くに仕える侍女で、かえでというお人じゃ」

「高台院さまの侍女で、かえで……」

そうか、それで高台院の許《もと》に御茶を送っているのかと、綸は気付いた。

「かえでどのが、綸を助け出したのじゃ。そして当時まだおねさまとおっしゃっていた高台院さまに相談された。だがその頃、おねさまの身辺も不安定でな。かえでどのは、おねさまのお側を離れられない。そこで織部さまに綸を託されたのだと、ばばは聞いている。綸、大切なことは、幾重にも綸を思う人たちがあって、お前は朝比奈家の娘になったということじゃ」

綸は頷いた。文の言う通りだと思った。

ただ、誰かに尋ねたいとずっと考えていた。父の道意が亡くなる前にも一度尋ねたいと思ったが、尋ねることで父が落胆するかもしれないと思うと、綸は口に出す事は出来なかった。

「綸……」

文が呼びかけた。

「お前の気持ちも分からない訳ではないが、この世にはの、戦続きのこの世には、お前さんのように二親と離れてしまった人はたくさんいる。綸は生まれたのがこの朝比奈家ではないというが、歴《れっき》とした、この朝比奈家の跡取り娘じゃ。お前の父は道意、母は以与じゃ。そして織部さまもまたお前にとっては大切なお方……」

「お話ししてくださってありがとうございました。おっしゃる通り、綸は父道意と母以与の娘です。織部のおじさまにも娘か孫のように接していただきました。綸は幸せ者だと、ずっとそう思うて暮らしてきています」

文は綸の手を取った。そして、じっと綸の顔を見て言った。

「織部さまに会うてきなされ」

別　れ

一

翌日綸は、木幡の織部の屋敷に向かった。

青々と草は生い茂り、薫風《くんぷう》渡る宇治川の土手を数人の子供たちが駆けて行く。遠くの畑には草取りをする百姓たちの姿も見え、戦がついこの間まであったとは信じられない光景だ。

「これはお綸さま……」

すれ違った誰かが声を掛けてくれたが、綸は振り向かなかった。黙然として歩いていく。

今や綸の目には全《すべ》てが虚《うつ》ろに見えている。胸にあるのは哀《かな》しみだけだ。それでも心を奮い立たせて、綸はやがて織部の屋敷の前に立った。

だが、そこには具足を着けた見張りの者が数名立っていて、綸が近づくと、手を広げて行く手を阻《はば》んだ。

「この屋敷には立ち入れぬ。帰れ」

綸は、抱えてきた風呂敷《ふろしき》包みを突きだして、

「御茶をお持ちしたのです」

はっきりと答えた。

「誰に頼まれたのだ」

見張りは、ぎょろりと睨む。

「試飲していただきたくて参りました。朝比奈家の綸といいます」

「ふん。そのような用件で中に入れることは出来ぬ。帰りなさい」

「分かりました。試飲はあきらめます。ですが、ひと目だけ会ってご挨拶をさせてくださいませ。ほんの一時でよいのです」

「駄目だ、駄目だ、帰れ！」

なんと見張りは、刀を抜きはなったのだった。

綸は臆《おく》せず、きっと睨んだ。

「なんだ、この女子は……」

見張りの男は少したじろいだ。だがもう一人のぎょろ目の男が、

「何をしている」

相棒を押しのけて綸の前に立つと、

「よいか、京都所司代さまからのご命令だ。脅しじゃないんだ、いうことを聞かぬ者は斬《き》る！」

「なんと無謀なことを……京都所司代さまは、無《む》腰《こし》の、女子供まで殺せとおっしゃったのですか」

綸はさらに睨んだ。一言返さずにはいられなかった。

「何……言わせておけば」

ぎょろ目の見張りは、綸の胸ぐらを掴《つか》んだ。その時だった。

「お待ちを！」

門の中から甚十郎が走り出てきた。

甚十郎は懐《ふところ》から銀の小粒を取り出した。見張りの男の手に握らせると、その耳にぼそぼそとささやいた。

「うむ……」

見張りのぎょろ目は、しぶしぶ承知したのか、もう一人の見張りと門の方に引き返して行った。

「危ないことをなさる」

甚十郎は、綸の袖《そで》を引っ張って、門から離れ、近くの木の陰で綸に言った。

「面会は禁止です。どなたも屋敷に出入りすることはできません。殿のお世話も、私と数名の近習《きんじゅ》の者だけで、その私たちも殿と長々と話をする事はかないません。屋敷の中にも見張りがたくさんいるのです」

甚十郎の目は憔悴《しょうすい》しきっていた。

「ひとつだけ、お聞かせください。織部のおじさまは、本当に謀反を起こそうとしたのですか」

「まさか……」

甚十郎は苦々しい笑いを浮かべて、

「あずかり知らぬことだと殿はおっしゃっています」

綸は頷いた。やはりなと思った。

「綸どのは木村さまがとらえられた事はお聞きになったと存ずるが、木村さまは否定している」

「はい……」

「京都所司代さまは、殿に尋問なさったようだが、殿は終始口を噤《つぐ》んで一言も発せられなかったと聞いている」

「濡《ぬ》れ衣《ぎぬ》ならば申し開きをすればよいのではありませんか」

「しても無駄だと、そうおっしゃって……」

「何故《なぜ》です……」

「これまで幾多の方が、大御所さまの勘気に触れ、おとがめを受けられたことか。しかし、その方たちの申し開きを聞き留めてくれたことは一度もないのです。真実は何か、大御所さまにとっては、そんな事は些末《さまつ》なこと、どんな理不尽な筋書きでもこじつけて罪とし、成敗するのが目的ですから」

「卑怯な……」

「しっ」

甚十郎は綸の怒りをあわてて制すると、

「殿はそれを嫌というほど見てきているのです。ですから、申し開きをしたところで、それは生きんがためにあがく、見苦しいものに見えてしまうのではないかと……」

綸は、力が萎《な》えて、そこにしゃがみ込んだ。

「綸どの」

甚十郎が案じて綸に手を添える。

「すみません……」

綸はよろりと立ち上がった。

「これを、おじさまに……今年の青茶です」

綸は、風呂敷包みから半袋ひとつ取り出して、甚十郎に手渡した。

甚十郎は背後の見張りに気付かれぬよう、自分の胸元に半袋を押し込むと、

「もうお帰りを。万が一何かあれば、必ず知らせます」

綸を促した。

「おじさまにお伝えくださいませ。お祈りしていますと……お体をお大切にと……」

「承知した」

甚十郎は、門の方に走って行った。

綸は肩を落として引き返した。

――これは悪い夢……夢ならば覚める時がくる筈だ。

そう言い聞かせて宇治橋が望める乙方《おちかた》の町に入った綸は、一軒の宿から炎が上がっているのに気がついた。

宿の前では多くの人が集まって騒いでいる。そして宿を取り囲んでいるのは、残党狩りの雑兵たちだった。

その雑兵に、老婆《ろうば》が髪を振り乱してすがっていた。

「助けてください。中に孫がいるんです。お頼みします」

「うるさい、邪魔をするな！」

雑兵は老婆を突き飛ばした。

「許せねえ」

「血も涙もない奴《やつ》らだ」

人々の間から怒りの声が上がる。

綸はそれを聞いて、老婆に問いかけた。

「お孫さんの名は？」

「はな！」

老婆の言った名を復唱すると、綸は近くにあった桶《おけ》の水を頭から被《かぶ》り、火の中に入って行った。

「あっ」

思わず綸は声を上げた。

宿の庭で、刺し違えて死んでいる侍二人が目に入ったのだ。一人はまだ少年で、もう一人は五十は過ぎた初老の侍だった。

――おいつめられて果てたのか。

炎は今にも二人の遺体に襲いかかろうとしている。

綸は辺りを見渡した。ぐずぐずしてはいられない。

「はな！……はな！」

名を呼びながら炎の中をかいくぐる。

――いた！……。

五、六歳の女の子が、燃えさかる軒の下で大声を上げて泣いていた。
「はな！」
綸が近づくと、いっそう大きな声で泣きながら、はなは綸の胸にしがみついてきた。
「もう大丈夫、よしよし……」
はなの頭を撫《な》でたその時、綸の頭は何かで打たれたような衝撃を受けた。
遠い昔、伏見の屋敷で、炎に包まれて泣いている幼い自分の姿が見えたのだ。
綸の側には倒れてきた柱の下敷きになって亡くなっている女がいた。
——母さま……。
だと思った。だが母の名は浮かんでこなかった。
——父さま……。
辺りを見渡したが、父の姿は見えなかった。
——そうだった、父は屋敷に時折やってくるお武家……。
縁側で竹を無心に削っている姿が見えた。
——まさか……。

綸は息を呑んだ。どことなく織部の背に似て見えたが、蘇《よみがえ》った記憶もそこまでだった。

「ああ……」

綸は、はなを抱いて泣いた。なぜか涙があふれてくる。

その時だった。めりめりと音を立てて火の玉になった軒が、二人のすぐ前に落ちてきた。

綸は、はっとなってはなを背中におぶうと、火の中を走り、表に向かって突進していた。

御茶の吟味が始まった。

清四郎は十徳《じっとく》姿、綸と藤兵衛は袴《はかま》姿で御茶吟味役を待ち受ける。

綸は頭と腕に包帯を巻いていた。顔にも傷が見えた。はなを助けたのは五日前のことだ。

火傷《やけど》と打ち傷を負って帰ってきた綸に、家の者は皆驚いたが、綸は平然としていた。

綸は一瞬だが垣間見《かいまみ》た昔の光景を、誰にも話さなかった。生まれがどうであれ、また過去に何があったとしても、今綸は朝比奈家の娘である。それだけで十分だった。

周囲の者は、綸が火事場から女の子を救い出してきたあの日以来、一段と逞《たくま》しさが増してきたと気付いていたし、綸自身も背骨が太くなったような気がしていた。

「御茶吟味役さまのおなりです」

利助が、緊張して待ち受ける綸たち朝比奈家の者に告げた。

時を置かずして、小堀遠州が現れた。

綸の胸は騒いだ。

小堀遠州が織部に代わって御茶吟味役になったという報《しら》せは、数日前に御茶師たちに届いていた。これから小堀が、宇治の御茶師を指導していく立場になるのである。

つまり、御茶師たちの格付けも、小堀の胸三寸ということになった。

小堀遠州に気に入られる御茶を作る、それがこの宇治の課題となったのだ。

吟味してもらう御茶は、清四郎が点てる。

清四郎は綸に点てるよう勧めてくれたが、綸は清四郎に譲った。

御茶を点てるには、心が波立っていては駄目だ。ゆったりとした気持ちで、心を込めて点てなければ、美味しい御茶は点てられない。

御茶碗《おちゃわん》の暖め方、抹茶を碗に入れる時のさじ加減、釜《かま》から汲《く》んで茶碗に注ぐ湯の量、そして抹茶を攪拌《かくはん》する茶筅《ちゃせん》の使い方。それら全てに心配りがあったればこそ、照りがあり、香りがあり、甘みすら感じる御茶を点てることが出来るのだ。

今日のこの日の吟味に、美味しい御茶を点てられなければ、来年の春に決まるという御茶師の格付けに響くのだ。

「選に漏れぬように、ばばは祈っている」

文が病床から言った言葉を思い出しながら、綸は緊迫した空気の中で御茶を点てる清四郎の茶筅捌《さば》きをじっと見詰めた。

清四郎は、朝比奈家の御茶師として、手順のひとつも間違えることなく御茶を点てると、小堀遠州に差し出した。

――存分に御吟味を……。

清四郎の態度には小堀への媚《こ》びもなく、また吟味への不安もなく、そういうものを超越した御茶を喫する人への思いやりに溢れていた。

綸は、清四郎の態度に、小さな感動を覚えていた。それは幼い頃に古田家の茶室で見た小堀遠州の御点前《おてまえ》に勝るとも劣らぬ、凜《りん》とした姿だった。

小堀は御茶を一吸して言った。

「大変美味しい御茶だ」

小堀のその一言で、清四郎の顔が緩んだ。そして綸を見た。

綸は黙って小さく頷《うなず》いたが、心にあるわだかまりを、まだ払いのけることが出来ない。

綸と小堀は、一度もまだ目を合わせていなかった。

御茶の吟味が終わると、朝比奈家の者は清四郎に綸、それに番頭も玄関寄付まで出て、小堀一行に頭を下げて見送った。

ところが綸は、小堀の背を見て、すっくと立ち上がった。

恩師織部のことをどう思っているのかと、一言言わなければ一生後悔するよ

うに思えたのだ。だが、

「綸……」

清四郎が綸の腕を摑んで、首を横に振った。

綸は、きっと見返した。

「その手を放してください」

「放さぬ。小堀さまに失礼なことがあってはならぬ。それが分からぬ綸ではあるまい」

「私は許せないのです」

「小堀さまも、舅《しゅうと》どのや大御所さまには逆らえまい」

「清四郎さん……」

綸は唇をかんだ。

「綸、綸は単なる朝比奈家の娘ではない。私と一緒に朝比奈家を守る御茶師になるのではなかったのか」

清四郎は、低く抑えた声で言った。

綸は座った。歯を食いしばり、膝《ひざ》に置いた手を堅く握った。

その時だった。おしのに支えられた文が奥から出てきた。

「おばばさま……」

「よく我慢した、それでこそ朝比奈家の娘じゃ。ばばは綸に伝えておくぞ。これはばばの旦那《だんな》さまが綸の父上、道意に残した言葉じゃ。『怒りは呑《の》み込め、それを糧《かて》にして機をみて踏み出せ、何どきも御茶師であることを忘れるな』とな」

「怒りは呑み込め、それを糧にして機をみて踏み出せ、何どきも御茶師であることを忘れるな……」

綸は呟《つぶや》く。

「そうじゃ。おお、それから、綸、織部さまにお会いできることになったぞ」

「本当ですか！」

「ああ、ばばは高台院さまにすがってみたのじゃ」

「高台院さまに……」

「そうじゃ。秀忠さまは幼い頃に豊臣家に人質として暮らしていたことがある。その時高台院さまには、実の母のごとく可愛《かわい》がられて、秀忠さまはずっと高台院さまをお慕いしていたと聞いていた。高台院さまへの恩を、秀忠さまは忘れてはおられない筈。そこでばばは、高台院さまから秀忠さまに綸の面会を頼んでもらえないかとお願いしたのじゃ」

「ありがとう、おばばさま」

綸は文の手を取った。

「ただ」

文は、綸の手を取り両手で包むと、険しい顔で言った。

「こたびの面会は、最後だと心得よ」

二

木幡の織部邸は張り詰めた重い空気に包まれていた。

チチもいなくなった木立には、鳥の影さえ見えなかった。

綸は、屋敷の門を入るなり、甚十郎に迎えられ、

「今朝早く、鳥居土佐守さまと内藤右衛門さまがこの木幡に上使として参られまして、本日夕刻をもって、殿と嫡男《ちゃくなん》山城守重嗣さまお二人に切腹申しつけら

れました」

と告げられた。

綸は、呆然と甚十郎の顔を見た。まさか今日の今日とは考えてもいなかったのだ。

「それで、お会いできるのでしょうか」

綸は押し寄せる感情を抑えて訊《き》いた。

「はい、許可はいただいております。八ツにはこちらを出て山城守さまが待つ伏見の屋敷に向かいますが、今しばらく時間がございます。鳥居さまが『最期《さいご》に何を望むか』と尋ねられた折り、殿は『本日ここに、女御茶師が参る。その者に御茶を点ててやりたい』そう申されまして……」

「おじさまが私に……」

綸は聞き返した。師の点てる御茶をいただくとは、茶道の世界では特別なことである。まして織部が最後に点てる御茶を自分がいただくことができるとは、考えてもみなかった。

「ですから面会はお茶室でとなりました。ただし、御茶の問答以外は、何もしやべってはならぬと釘《くぎ》を刺されておりますので、お間違いのないように」

綸は、決意の表情で頷いた。

甚十郎は、綸を連れて茶室に入った。

既に風炉《ふろ》には釜が掛けられ、寂々とした茶室に湯のたぎる松籟《しょうらい》が立っていた。

綸は着座すると、茶室を見渡した。

子供の頃から何度も入った茶室だったが、今日はまるで違った景色に見えた。

相伴席の付いた三畳台目の茶室には、織部好みの窓があり、その窓から差し込む柔らかい光が、畳の上に流れていて、床の間には夏椿《なつつばき》が入っていた。

まもなく織部が入って来た。すると、相伴席に監視役が二人、静かに座った。

「よく参ったな、綸」

織部は言った。

「おじさま……」

綸は手をついた。顔を上げて織部を見詰める。

織部は優しい顔で頷くと、膝を正して点前を始めた。

袱紗《ふくさ》のさばき、柄杓《ひしゃく》の扱い、所作のひとつひとつに少しの動揺もみられない。

ゆったりとして、死を前にした人とは思えなかった。

茶筅の音が、織部の言葉となって綸に語りかけている。しっかり歩め、わしはずっと側にいる。言葉を掛け合わなくても、綸には織部の愛情が伝わってきた。

水差しは伊賀耳付き、茶碗は白釉《はくゆう》のかかった御所丸《ごしょまる》、茶入れは勢高、仕服は織部紗《おりべしゃ》、茶杓《ちゃしゃく》は綸も初めて見るものだった。全て綸との面会のために持ち出された道具である。

織部の点てた御茶が、綸の前に出された。

綸は茶碗を取って、一吸した。

「！……」

御茶は朝比奈家の極上だった。先だって、織部に渡して欲しいと甚十郎に頼んだ、あの御茶だった。今年仕立てた碾茶である。

香りよく、甘く深い味わいの、我が家の御茶を織部は自分が点てる最後の御茶に使ってくれたのだ。

綸の双眸《そうぼう》が、涙で曇った。こぼれ落ちそうになる涙を、綸は御茶と一緒に飲み干した。

「良い御茶だな、綸。これなら大丈夫だ」

織部は言った。

「ありがとうございます。大変こまやかな御挽にて感じ入りました」

綸が深々と頭を下げると、

「わしも一服所望したいが、点ててくれるか」

綸に問う。

「はい」

綸は立ち上がって、織部と交代して亭主の座に座った。

織部の優しい視線が注がれている。

綸は大きく息をつくと、心を静め、丁寧に点前を始めた。

「あっ」

手元が狂って、茶杓ですくった抹茶が畳に零《こぼ》れた。

綸は思わず、織部の顔を見た。

織部は優しい笑顔で頷いた。かまわぬ、続けよ。織部の顔はそう言っていた。

心を静め静めして、綸は茶を点て、織部に差し出した。

「最期に、お前とこうして御茶を飲めるとは……」

織部は、ゆっくりと味わって御茶を飲み干した。

綸は、深々と頭を下げた。

その時だった。

「綸、その茶杓をそなたに授ける。お前に会えると聞いて昨夜から削り始めて、今朝ようやく削り終えたものじゃ」

織部はそう言ったのだ。

「おじさま……」

掌《てのひら》にある茶杓を見詰めた綸の脳裏に、幼い頃、綸が暮らしていた屋敷の縁側で竹を削っていた父とおぼしき侍の姿が蘇った。

――そんな筈はない……。

はっとして見つめ直した綸に、織部は告げた。

「茶杓の銘は、綸とした」

「綸……」

綸は聞き返す。

二人は見つめ合った。

その時だった。

「刻限でござる」

監視役が綸を促す。

綸は深々と織部に頭を下げると、茶室を静かに退出した。

宇治橋まで戻った綸は、平等院に入った。

平等院には父も葬《ほうむ》られている。仏様の前に座し、織部切腹に合わせて祈りを捧《ささ》げた。

その脳裏に、利休が秀吉の勘気に触れて堺に追放された折り、古田織部と細川忠興が淀の船着き場から利休の乗った舟を密《ひそ》かに見送った光景が浮かんだ。

利休は二人が寄せてくれた温情に感涙し、細川家の家臣で松井佐渡守康之宛《あ》てに、皆が皆、利休見送りなどためらう中で、細川と織部が見送りに来てくれたことを深く感謝し、松井から細川と織部に私の気持ちを伝えて欲しいと手紙を書くのだ。

（略）俄《にわか》に昨夜、罷《まか》り下り候《そうろう》。仍《よ》って、淀迠《よどまで》、羽与様（細川忠興）・古織様（古田織部）、御送り候いて、舟本《ふなもと》にて見付け申し、驚き存じ候。

忝《かたじけな》きの由《よし》、頼み存じ候。恐惶謹言《きょうこうきんげん》。

二月十四日　　宗易利休

松佐様

その手紙の文言は、利休の死後、織部は細川から伝えられたと言う。師弟の絆《きずな》、人と人との絆の尊さを綸は織部から聞いた事があるのだが、その時に利休との別れを話してくれた事があり覚えている。

まだ小娘の綸ではあったが、一方的に権力者に抹殺されるこの世の無情と、しかしそれを越えて師を見送る人の情というものを知った衝撃的な話だった。

男であれ女であれ、人としてああなりたいと、綸はその時思ったものだ。

秀吉が利休を切腹させた理由と、今また織部が徳川家康に切腹させられる理由は、いずれも漠として見えにくいものがあり、世の無情を感じるが、切腹を前にした二人には大きな違いがある。

利休切腹の流れの中で、少なくとも二人の高弟が勇気を出して師を見送っている。それがどれほど師の気持ちを救ったことか。

一方織部は、手塩に掛けて茶の奥義《おうぎ》を伝授してやった一番弟子の小堀遠州にして、あのあり様だ。

――心情はいかがなものか……。

綸は、織部の無念に心を寄せるべく、一心不乱に仏に祈る。

綸の膝前の経机には、織部から貰《もら》った茶杓が袱紗に載せて置いてあり、その茶杓に、差し込む一条の光が当たっている。

どれほど祈り続けただろうか、ふと見た茶杓に当たっていた光が、ふわっと落ちて御堂《みどう》のほの暗さの中に溶け込んだ時、

「！……」

綸は、織部の落命を察知した。

織部七十二歳の生涯は、急転直下、死においやられる真の理由も示されない

ままに終わりを告げたのだった。

綸は、茶杓を抱いて平等院を出た。まもなく日が落ちるが、綸はまっすぐ屋敷に帰らず宇治川沿いの土手に出た。

水量豊かな水が、残照を跳ね返しながら流れていく。

「……」

物憂《ものう》い気分で川面《かわも》を見詰めながら、絶え間なく流れていく川の様子は、まるで時代の流れを映しているように思えて、一寸先ですら読めぬ世情に、綸は虚《むな》しさを感じていた。

その時だった。ふわりと一匹の蛍が、綸の前を横切った。

――おじさまか……。

私を案じて飛んできてくれたのか。

そう思った瞬間、綸の目に涙が噴き出した。

綸は、ひとしきり泣いた。薄闇《うすやみ》が川に影を落とし始めたのを見て、綸は宇治川の土手を後にした。

「お綸さん」

大通りに出たところで、綸は呼び止められた。

「おてるさん！」

綸は、近づいて来る女を見て目を丸くした。幽霊ではないかと思ったほどだ。

おてるは昨年、中書島《ちゅうしょじま》の女郎屋に奉公に出た筈だ。

「びっくりしたでしょうね。今日宇治に帰ってきたんやけど、お綸さんは木幡に行ったて聞いて、もう諦《あきら》めて帰ろう思てたところでした。そしたら、お綸さんが歩いて来るやない」

「まさか、おてるさんが帰ってくるなんて」

「私、身請けしてもらったの。堺の商人で油を商ってる人よ。明日は堺に行くんやけど、今日は両親に報告に帰って来たって訳やの」

「よかった、案じていたの。お幸さんは心配ないと思ってたけど、おてるさんの事は心から案じていたんです」

綸は、おてるの手を取った。だがおてるは直《す》ぐに暗い顔をして、

「お綸さん、そのお幸さんやけど、この間の戦《いくさ》で旦那さまが討ち死にしてね」

「嘘《うそ》でしょ……」

綸は声を上げた。

「嘘ならどんなに嬉《うれ》しいか」

「それでお幸さんは……」

「お幸さんも死んだらしいの。旦那さまが討ち死にしたと知って自害したって……」

「なんてことを……なんて馬鹿《ばか》なことを……」

綸は呆然《ぼうぜん》とした。

「馬鹿よね。辛《つら》かったら、この宇治に帰ってくればよかったのに」

二人は、手を握り合った。その二人の脳裏には、宇治上神社で再会を三人で約束した光景が浮かんでいる。

「約束したのに……」

綸が言った。

「ええ、約束したのに……」

見つめ合った二人の双眸から涙があふれ出る。

やがて二人は涙を拭《ふ》くと、

「くじけちゃ駄目よね」

綸が言った。するとおてるも、

「ええ、人の世は分からないもの。一生お女郎さんの暮らしだと思っていた私が幸運を拾ってね、きっと幸せになれると思っていたお幸さんが、命を絶つようなことになるんやもの……お綸さん、世の中、楽しいことばかりやないけど、私は今思てんの、絶対諦めたらあかん、諦めたら終わりやて……」

綸は頷いた。まだ諦める訳にはいかない。父だって、織部だってあの世から私を見ているのだと思った。

甚十郎が旅姿で現れたのは、七月に入ってまもなくだった。

「あの日、殿と重嗣さまは伏見の屋敷で見事なご切腹。御遺骸《いがい》は大徳寺の玉林庵《あん》に葬られました。中二日おいて、御次男重尚さま、三男の重広さまは差し違えて殿と兄君さまに殉じました。そして四男重行さまは殿が創建された興聖寺の和尚《おしょう》に兄上さまとご自分のお子を託し、殿と兄の重嗣さまの墓前で屠腹《とふく》いたしました。五男の左近重久さまは大坂攻めに加わられて戦死しておりますので、古田家の男子はすべて絶えてしまいました」

甚十郎は声を殺して言った。だがその声は悲痛な叫びのように聞こえた。

太閤《たいこう》秀吉は利休の首を取ったが、利休の血を根絶やしにすることはしなかった。

徳川家康の非情さ残酷さは、綸などの目からみれば常軌を逸している。

「お気の毒なことじゃ」

清四郎が呟いた。その言葉でこらえていたものが吹き出したのか、

「悔しいのは……」

甚十郎は声を殺して泣き始めた。だが歯を食いしばってその涙を拭《ぬぐ》うと、

「一族の方々が落命すると、翌日には古田家の家財は全て没収されました……」

絞り出すような声で言った。

伏見の屋敷にあった秘蔵の御茶道具、木幡の屋敷にあったものも全て二条城に運び去られた。むろん、二条城近くにある京の屋敷の御茶道具も没収されて、家康と秀忠がそれらを見分し、へごみの茶壺《ちゃつぼ》、織部茶杓、織部硯《すずり》などは家康が

取り、秀忠は勢高肩衝《せいたかかたつき》の茶入れを取ったという。

綸も拝見した勢高肩衝は、以前細川忠興が金子《きんす》五百枚で織部に所望したが断られたというほどの大名物《おおめいぶつ》だ。

「そして、小書院の絵、天井、壁など狩野山楽《かのうさんらく》が描いた織部自慢の絵画で飾る京屋敷は、藤堂高虎さまに与えられたのです」

甚十郎は話し終えると、心を静めるように一呼吸置いて言った。

「私は、人の醜さというものを、この数ヶ月で嫌というほど見て参りました。しばらく旅をして世情から離れて暮らしたいと思っています」

せめて一晩、この家でゆるりとしてから旅立たれてはどうかと、清四郎も綸も勧めたが、甚十郎は断った。

「分かりました。そういう事でしたら、旅を終えられましたら、是非またこちらにお立ち寄りくださいませ」

清四郎は言い、旅銀を包み、弁当を持たせて、綸と二人で見送った。

綸は、肩を落として去って行く甚十郎を見送りながら、ひとつの時代が終わったのだと思った。

織部の死で、御茶の世界も、豊臣の色合いから徳川の色合いへと、大きく変わって行くのだと思った。

まもなく届いた上林家からの回状でも、それは明白だった。来る二十日、二条城に御茶師代表十人ほどが出向き、将軍にお目見えして、戦勝祝いを申し上げるべしという報せだったが、朝比奈家は夫婦二人が同道するよう記してある。

道意の跡を清四郎と綸が継いだ事は既に書面で届けてあったが、冬の陣夏の陣と戦が続き、お目見えはまだだった。

「私は行きたくありません。あなたが一人でお出かけください」

織部を死においやり、大切な茶道具や屋敷まで取り上げた、冷酷な将軍の顔など見たくない。

「それで良いのか……拝謁《はいえつ》してお印の言葉をいただかねば、朝比奈家の存続はないぞ」

清四郎は綸を諫《いさ》めた。また藤兵衛も口を添えた。

「織部さまのことで許せない気持ちがあるのは分かりますが、秀忠さまも将軍とは申しましても大御所さまには逆らうことはできません。織部さまの一件では、口を挟むことさえ出来なかったのではないでしょうか」

綸はため息をついて膝に視線を落とした。抗《あらが》うことの出来ない大きなものに巻き取られていくような無力感に襲われていた。

「お綸さまもお聞きになっていると思いますが、織部さまは方広寺の一件があるまでは、秀忠さまへのお茶道指南のためにたびたび江戸に向かわれました。そのおり、秀忠さまは、けっして織部さまをおろそかにはしなかった、厚く遇したと聞いております。それがために、大名の皆様方も織部さまが部屋に入っていかれると上座を空けて勧められたというのですから……織部さまはそれほどの権力をお持ちになっていたんです。大御所さまに睨《にら》まれるのは当然だったのかもしれません」

藤兵衛は静かに言った。だが、

「だからと言って命までとるなんて……」

綸は顔を上げて藤兵衛を見た。

「そうです。秀忠さまはそれが分かっていたからこそ、高台院さまの意を汲んだ形で、お綸さまを最後に面会させてくださったのではないでしょうか」

「藤兵衛……」

綸は驚いて藤兵衛を見た。

「あれが、秀忠さま精一杯のお心の表しようだったのだと私は思っています」

いつもは口を挟まない藤兵衛が、綸に翻意を促したのだ。朝比奈家を守る、藤兵衛の熱意はその一点にあるのだった。

綸はその晩、父の御茶日記を開いた。冒頭数枚に、父は槇島城の戦いから後の、御茶師たちの辛酸を書いている。

それを読み直したのだ。

信長の信任を得るまでの御茶師たちの努力、さらにそののち秀吉の厚い庇護《ひご》を受けるまでの苦労、そして関ヶ原以後の御茶師たちの歩んできた道のりを記しているのだ。

けっして一朝一夕にはなしとげられぬ知恵と努力と苦労のたまものであったと告げている。

それは文が綸に言っていた「怒りは呑み込め、それを糧にして機をみて踏み出せ、何どきも御茶師であることを忘れるな」という言葉そのものだった。

「綸、織部さまの件は腹の煮えることだろうが、お前が道を誤れば、織部さまもけっして喜ばぬぞ」

父の日記は、綸にそう言っているように思えた。

綸は心を決めて日記を閉じた。

暗雲

一

七月二十日、御茶師たちは二条城の黒書院に赴いて、大坂での二度にわたる戦いに勝利した徳川家に祝意を述べ、恭順の意を表した。

むろん今年の御茶の極上を各々《おのおの》二袋ずつ壺に詰めて献上したのはいうまでもない。

代官上林は御茶師を代表して、御茶師たち一人一人の名を読み上げて将軍に紹介した。

その間御茶師たちは、ずっと神妙に頭を下げているのである。

綸も清四郎と並んで頭を下げていた。

「励めよ」

秀忠の鷹揚《おうよう》な声が聞こえた。天下を掌中におさめたという満たされた声だった。

お目見えした御茶師一人一人には、取り次ぎを通して時服《じふく》が与えられ、上林が代表して賜った。

上林は続いて、朝比奈家道意の後継として、清四郎と綸の名をあげると、取り次ぎの者が声を張り上げた。

「朝比奈清四郎並びに綸、面《おもて》を上げよ」

綸と清四郎は、少し頭を上げた。上げたと言っても将軍の顔を仰ぎ見る訳ではない。眺める畳の目が、少しむこうになったという程度だ。顔を上げて、まっすぐ将軍の顔を見たり、直接将軍に申し上げたりする事は厳禁だった。

「二人とも念を入れてつとめよ」

秀忠が言った。すると取り次ぎが、折敷《おしき》の上に紫の袱紗を広げ、その上に古袱紗を載せて、平伏している綸の目の前に置いた。

「!……」

綸は古袱紗を見て驚いた。梅の花を亀甲《きっこう》の中にあしらった文様の緞子《どんす》は織部好み。亀甲の部分には金糸が織り込まれていて、優雅で格式高いものだった。

「女子で御茶師とは初めて聞く。しっかり励むようにと、上さまのお言葉だ」

取り次ぎは、そう綸に告げたのだ。

顔を仰ぐことは叶《かな》わぬが、綸の頭上に秀忠の視線が注がれているのは感じている。

自分は織部に面会した危険な女だと思われているかもしれぬと、内心警戒していた綸は、古袱紗を賜るとは意外だった。

「ありがたき幸せ……」

女御茶師として初めて認められた瞬間だった。

「めでたい事じゃ」

古袱紗を賜ったことで、一番喜んだのは文だった。

文の病は重く、医師からもう長くはないと告げられていたが、綸と清四郎が、お目見えの時の様子を報告すると、文は半身を起こし、

「この朝比奈家には太閤殿下をはじめ、お大名の皆さまから、たくさんの文や品を頂戴《ちょうだい》しておりますが、綸、この品は別格じゃな」

文は自分の両手に載せてもらった古袱紗を嬉しそうに眺めると、

「父上にお供えをしてご報告を……お喜びになる」

綸の手に古袱紗を戻した。

「私は二条城に着くまでは、綸を連れていかなければ後でどんな不都合があるやもしれぬと考えておりましたが、いざ謁見となりますと、今度は不安にとらわれておりました。なにしろ綸は、切腹直前の織部さまにお目にかかっております。上さまがそれを覚えておられて気分を害されているのではないかと生きた心地はしませんでした」

清四郎は文に話す。

「清四郎どの、上さまは綸が織部さまに面会したことを覚えておられたのじゃ。覚えていたからこそ、この古袱紗をくだされたのではないかの」

文は納得顔で言う。

清四郎は頷いて、綸と顔を見合わせた。

「将軍さまとはいえ、秀忠さまは大御所さまに少しの異もさしはさむことはできますまい。異を唱えるような者は倅《せがれ》でも許しておけぬ。それが戦国の世じゃ。

ばばは思うのじゃが、秀忠さまは織部さまの切腹を悲しんでおられたに違いないとな……」

「でも、織部のおじさまが大切になさっていた御茶の道具を、二条城に集めたのち、上さまはおじさまが大切にされていた、勢高の茶入れをご自分の物になさったのですよ」

綸は憤《いきどお》る。それは死者の着物を剝《は》ぎ取る輩《やから》と同じに見えるのだ。

「綸や、戦とはそういうものじゃ。勝った者が負けた者の全《すべ》てを奪う。御茶師の世界も油断は禁物じゃ」

綸は頷いた。これから小堀遠州の胸三寸で御茶師たちの評価は決まる。

「おばばさまのおっしゃる通りだな、足下を掬《すく》われぬようにせねば」

清四郎は相槌《あいづち》を打つ。すると文が案じ顔で綸に言った。

「綸が古袱紗を賜ったという噂《うわさ》は、瞬《また》く間に皆の耳に入っている筈《はず》じゃ。これまで家の跡を継ぐご挨拶《あいさつ》に赴いて、古袱紗を賜った者は、綸の他にはおるまい。綸は羨望《せんぼう》の的になった。嫉《ねた》みも受ける。気をつけねばの」

政権を担《にな》った徳川が、宇治御茶師を完全に掌握するために打ち出したのが、御茶師たちを格付けすることだった。

秋の風を肌で感じるようになった頃のこと、上林家は御茶師たちを集めて説明した事で、格付けの全容が分かった。

その日集まったのは総勢八十人ほどで、清四郎と綸も出席した。

御茶頭取で代官の上林徳順が、大広間で皆に呼びかけた。

「本日集まってくださった方々は、将軍家やお大名家に御茶を献上、または御用達御茶師として御茶を詰めてこられました。そうしたこれまでのお付き合いを変えていただくという話ではございません」

皆の間から、安堵《あんど》の吐息が漏れた。

「ただ……」

上林は苦渋を呑み込んだ顔で話し始めた。

「これは今年と来年の仕立てを見た後に、最終決定されることになるのですが『御茶師三仲ヶ間』が結成されることになりました。その選に漏れた家は、徳川将軍家から許される名字帯刀は遠慮していただくことになります」

大きなどよめきが起こった。

それはそうだろう。これまで御茶師は、他国の御茶業者とは違った特権を、時の政権から享受《きょうじゅ》していた。それが、格付けによって剥奪《はくだつ》されるなどという話は考えてもみなかったのだ。

どよめきは、これまで家の誇りとしてきた名字帯刀を奪われるかもしれないという恐れと怒りだった。

どこからか手が上がって、

「するとなんですか……選に漏れた御茶師は御茶師ではないというのですか。この宇治郷を御茶師の地として揺るぎないものにしたのは、皆の努力があってこそです。ここに今日集まっている者たちばかりではありません。この宇治郷で御茶を栽培している者もまた、規模は小さくても貢献してきているのを忘れたのですか」

「そうだ！」

どこからか声が上がった。

「もっともな話だが、これは京都所司代板倉さまからのお達しである」

上林徳順の一声で、皆の不満の声は小さくなった。

上林徳順は、まず三仲ヶ間というのは、三つの御茶師仲間のことだと述べた。

一番上位の御茶師仲間は『御物御茶師《ごもつおちゃし》』と呼ばれるもので、将軍家、並びに将軍家から朝廷に進献する御茶の調進を任された者。

次の御茶師仲間は『御袋御茶師《おふくろおちゃし》』と呼ばれ、こちらは大坂の陣の戦勝を祝って二条城にお祝いの御茶を持参した御茶師たちのことで、柳営内で使用する極《ごく》揃《そそり》の御茶、大御所さま、西の丸の雑用茶を納入する者。

三番目の御茶師仲間は『御通御茶師《おとおりおちゃし》』と呼び、こちらは本能寺の変の折、家康さまを木津川の畔《ほとり》から信楽《しがらき》までお守りした者たちをはじめ、これまでの功績芳《かんば》しい者で、格は御袋の下だが、納入先は今のところは御袋御茶師と同じ。

徳順は順番に説明した後、

「本日決定している仲ヶ間は、御物と御袋。まずはその者たちを発表する」

徳順は、上林家をはじめ、八家の御物御茶師の名を読み上げた。

いずれもその規模と歴史において、文句のつけようのない家だった。

朝比奈家は外れたが長井家は入った。

次に御袋御茶師九家が読み上げられた。ここでも朝比奈家は外れた。綸は険しい表情で、清四郎と顔を見合わせた。清四郎は落胆しているようだった。御袋御茶師で呼ばれた九家の中には、明らかに朝比奈家より歴史や規模において劣る家があったからだ。

やはり織部と近かったことが災いしているのだと思ったが、同時に、こんなに勝手に決められた仲間の組み分けに外れたとしても、負けるものかと、胸の中では静かに炎を燃やしていた。

更に徳順は、三つ目の御通御茶師についてこう述べた。

「本日の発表が最終の通告ではない。本日名を呼ばれても、来年の御茶の仕立て、また御茶師として不都合があった場合には、仲間から外されると聞いている。その場合は次点の者が台頭することになる」

そう前置きして、

「片岡道二殿、西村了以殿、橋本玄可殿、河村宗順殿……」

と十四人を読み上げて、最後に、

「朝比奈清四郎殿、綸殿……」

と読み上げたのだ。

「待ってくれ」

突然立ち上がった者がいる。

宇治御茶師としては新参ものだが、茶薗《ちゃえん》の大きさでは三仲ヶ間にけっしてひけをとらない、里見宗加であった。

里見家は関ヶ原の戦いの後に、宇治の茶薗を買い集めて大きくなった大坂の商人あがりと聞いているが、強面《こわもて》の五十代も半ばの男である。

「何故里見家が入っておらぬのだ。間違いではないのか」

物言いも、相手が上林といえども横柄《おうへい》だ。

「間違いはない。御通御茶師は十五家になっている。ただ、来年春先には増減があるとも聞いている。今日の発表に落胆することなく、御茶の仕立てを頑張ってもらいたい」

「待ってくれ。話を聞いてみれば、格付けは小堀さまのご意向次第ということか。それでいいのか……そなたはこの宇治の御茶頭取であり代官だろう！」

里見は声を荒らげた。

誰かが里見をとりなして、里見は舌打ちして座ったが、広間の空気は、これまでに感じたこともない異様なものとなっていた。

更に徳順は、三仲ヶ間に外れた御茶師にこう言ったのだ。

「名を呼ばれなかった者は、平の御茶師となる。平の御茶師は、先にも申した通り、将軍家お許しの名字帯刀は許されぬ。ただし」

徳順は、今度は慰めるような口調で言った。

「各家はお大名とのおつきあいがある。中にはお大名から禄《ろく》をいただき名字帯刀を許されている者もいる。その者については、平であっても、三仲ヶ間制度とは関係なく、これまで通りとするがよろしかろうということだ」

もう誰も口を出すことはしなかった。

世の中は変わったのだ。宇治が徳川政権下に完全に置かれた証《あかし》だった。

二

薗畑に霜が下り、山々に紅葉の赤が目立つようになった朝、綸は藤兵衛と茶の木の苗を育てている畑に出た。

現在御茶を摘んでいる畑は本畑で、この畑は本畑の東の地にあり、朝比奈家では東の薗畑と呼んでいる。

御茶の木は常緑で年中葉を付けているが、この時期のお茶の葉は、春や初夏の柔らかい緑に比べると、堅くて深緑だ。

東の薗畑の苗木は、父が生前播種《はしゅ》したもので、もうかなり大きくなって枝葉を茂らせ、蕾《つぼみ》をつけている木も見える。

蕾が開けば可憐《かれん》な真白い花が、甘い香りを発するのだ。

道意は時に、御茶の花を「口切り」の時に活《い》けて愛《め》でた。

春に仕立てた御茶は壺に詰めて封印し、夏の間に御茶蔵などの冷暗所でうま味を出させ、寒風が吹く頃に初めて壺の封を切って味わうのだが、この時初めて壺の口を切ることから、口切りと呼ばれている。また丁度この頃、風炉の季節を終え、炉を切って火を入れ、御茶を点《た》てる「炉開き」とも重なる事から「茶人の正月」とも呼ばれている。

ただこの時、苗木の花を一枝口切りに使ったあとは、全ての花蕾も取り払う。木に花を咲かせ、種が出来れば、土壌の栄養分が花や種にとられて、茶の苗木が育たないというのが父道意の考えなのだ。

他家の御茶師はどうしているのか分からないが、道意はそうしてきた。どんな育て方をすれば親木と同じ茶の木が出来るのか、これもひとつの試験だというのであった。だから綸も、父が追い求めた結果が出るまで、父の日記にあるやり方を踏襲していこうと考えている。

この日も朝比奈家の手代たちが使用人を指図して、堆肥《たいひ》を施し、土寄せをし、蕾を取り除いていた。

「再来年には新芽を摘むことができます」

藤兵衛は満足そうに言い見渡した。

この畑は、およそ三百坪はある。

「お綸さま、苗木の畑はこれだけではございません。西の薗畑も収穫できるようになりますから、二年先には六百坪の茶畑が増えることになります。三仲ヶ間の地位も安泰です」

藤兵衛は胸を張った。三仲ヶ間が発表された時、

「何故《なぜ》うちが御物御茶師ではないのですか。これまでの実績をみれば、何故外

されるのか理解できませんな」

藤兵衛は大いに不満だったのだ。清四郎にしてもそうだ。あの寄り合いのあと、実家の上林家に仲ヶ間決定の基準はなんだったのか、朝比奈家は冷遇されているのではないかと問いただしたのだ。

すると義兄徳順から返ってきた言葉は、

「私は御茶頭取として、また代官として、朝比奈家を推薦してきている。だが、御物にも御袋にも入らなかった。これは私の想像だが、やはり織部さまとの繋《つな》がりが深かったということではないかの……」

上林も困惑しているというのであった。

――負けるものか……。

綸は花を付けた一枝を折った。屋敷に戻ると、綸は茶の花を仏壇に供えて手を合わせた。

するとそこに、おしのが入って来た。

「おとりさんが来ております」

「おとりさんが……」

怪訝《けげん》な顔で聞き返した。

この時節、おとりは来年の摘み子の人集めに奔走している筈だ。

「なんだか疲れた顔をして、風邪も引いてるようですから今葛湯《くずゆ》を差し上げたんですが……お綸さまに是が非でもお会いしたいとおっしゃって」

綸は立って台所に向かった。

おとりは首に襟巻きを巻き付けて、肩を落として待っていた。

「ご苦労さまです」

綸が声を掛けると、

「年は取りたくないもんです。風邪を引いた上に、えらいことになりまして」

「ゆっくり休んでください。話はいつでもお聞きしますから」

「そんな悠長なことを言ってはいられないんですよ、お綸さま」

おとりは鼻をすすり、ひと膝《ひざ》ぐいと寄せると、

「摘み子が集まりません、いつもの年の半分です。こんな事は初めてで、きっとどこかの茶園が引き抜いているに違いないと思いましてね」

目をぐりぐりさせて言った。

「どちらの茶薗ですか、そんな不作法なことをするのは……」

「摘み子たちは言わないんですよ。都合が悪くなったというばかりで……それに、ちょっと調べてみたんですが、摘み子の引き抜き被害にあっているのは朝比奈家だけなんです。上林家の摘み子などには手を出してはおりません」

何の恨みがあってやっているのか、綸に心当たりは無い。

「困りましたね。摘み子が集まらなくては来年の御茶の仕立ては不可能です」

綸は困惑した。

「お綸さま、焙炉《ほいろ》師《し》の方は大丈夫ですかね、そちらも調べてみた方がいいんじゃないですか。毎年あたしの口入れに手を貸してくれているおきのさんにも聞いてみたんです。そしたら初めのうちは口を割らなかったんですが、どうやらうちより高額の摘み賃を出すと言ってる御茶師がいるらしいんです」

「でも、その茶薗の名は明かさない」

「はい、知らないと言ってました。摘み子に聞いても言わないって。ばらしたら殺されるのなんのと大げさな事をいうらしくて」

「……」

綸は大きく息をついた。

どこの茶薗でも、秋から冬にかけてのこの季節に、摘み子や焙炉師との約束を取り付けたり、また巨椋池《おぐらいけ》周辺の農家などには、葦簀《よしず》の注文をしておかなければならない。

その手配が滞れば、お茶の仕立てはお手上げだ。

「分かりました。近いうちに何か良い手立てを考えます」

綸は言った。

「昔は皆口入れのこともわきまえておりました。抜け駆けをするような御茶師は一人もいなかったんですが……」

藤兵衛が入って来て言った。

綸は頷《うなず》いた。早くも御茶師同士の戦いが始まったのだと、綸は暗い気持ちになった。

数日後、綸は茶薗の仕事は清四郎に頼み、藤兵衛と利助、それにおとりを加えた四人で大津街道から山科と石山に向かった。

朝比奈家の摘み子の多くは、山科と石山在住の者が多いからだ。

まず山科で、石山に向かう藤兵衛、利助と別れ、綸はおとりと山科郷に入った。

街道筋で宿を取ってから、竹鼻《たけはな》という所に向かった。

そこにおとりの口入れの手伝いをしてくれているおきのという女がいて、その者にまず話を聞くためだ。

おきのは今年三十になる女で、亭主と子供二人、それに亭主の母親と暮らしているらしい。

「それにしても、おお寒！」

頃はまもなく師走《しわす》とあって風が冷たい。綸もおとりも、襟巻きを巻き付け巻き付け、おきのの家にたどり着いた。

家の前の広場で、男の子二人が犬と走り回っていた。

「おっかさはいるかね」

おとりが、男の子二人に聞くと、

「今畑に里芋掘りに行ってます」

兄と思われる男の子が鼻をすすりながら言った。

「ばっちゃは？」

「ばっちゃは寝込んでる、風邪ひいてる」

おとりは頷くと、芋の畑の方角を聞き、

「これな、ばっちゃと食べよし、柔らかい干《ほ》し柿《がき》や、おいしいで」

おとりは下げてきた袋の中から、柔らかな干し柿三個を男の子の手に載せた。

男の子はぱっと顔をほころばせて、

「ばっちゃ！」

家の中に飛び込んで行った。

綸はおとりの如才ない心遣いに感心した。男の子が指さした方角に一町ほど野道を歩いたところで、

「ああ、あれだ、おきのさんだ」

おとりは立ち止まって前方を指さした。

そこには、乾いた畑で寒風に吹かれながら、頬かぶりをして、亭主と二人、

芋をひっこぬいている夫婦がいた。

「どうだね！　今年の里芋の出来は！……」

おとりは大声を掛けながら、畑にずんずん入って行く。

綸もおとりに続いて畑に入った。

「これはおとりさん、遠いところを……」

おきのは腰を伸ばし、頬かぶりを取って、にこにこして迎えた。

「いや、例の話やけどね、お綸さまをお連れしたんや。摘み子をどんなことをしても確保したいっておっしゃってね」

おとりは綸を紹介した。

「覚えていますよ、お綸さま。あたしも若い頃は、朝比奈家に摘み子として雇ってもらっていましたからね」

おきのは朗らかに笑った。

「それにしても、おとりさんからお綸さまの様子はお聞きしてましたけど、ご立派になられて、あたしが摘み子していた頃は、まだかわいらしいお嬢さまで、おかみさまと旦那《だんな》さまが、目に入れても痛くないって可愛《かわい》がりようで……そうだったよね、おとりさん」

綸の昔の話が飛び出した。

二人はひとしきり楽しかった摘み子の時代の話をしていたが、おとりが、

「例の摘み子の事なんだけどね」

と集めるのに苦労している話を切り出すと、おきのは野良《のら》小屋に二人を案内し、

「あたしもあれからいろいろ聞いてみたんです。でも、なかなか本当のことしゃべってくれなくてね。いったいどんな条件出してきてるんやろて、それだけは教えてほしいて聞いてみたんです、そしたら……」

おきのは、困った顔をした。

「なんだったんだい、ほんまのこと話してんか」

おとりは促す。

「朝比奈家の一割五分増しを払うて、言ったらしいんですよ」

「なんやて、一割五分増し？」

おとりは聞き返す。

「そうですねん、一割五分増し」

おきのは、してやられたというような顔で復唱し、

「ここら辺りの者は皆暮らしが大変なんです。一割五分も増やしてもらえるなら、そっちに行こうかってなる訳ですよ。哀《かな》しい話ですが、わずかな金で恩も義理も売ってしまう。そういう人たちが半分はいるってことです。まあ、無理もありませんけどね。うちの暮らしで分かるように、芋をつくったってたいしたお金にはなりまへん。ですから今日でも明日でも、一文でもいいから欲しい、皆そう思ていますから」

綸は頷いてきっぱりと言った。

「分かりました。そういうことなら、こっちも受けて立つしかありませんね」

「お綸さま……」

おとりは、綸のあまりの気っぷの良い言い方に驚いたようだった。

「朝比奈家は、二割増しとしましょう」

「ほんまですか！」

今度はおきのが驚いた声を上げた。

「しかも、その二割については、今すぐにほしいというのなら、前借としてお渡ししましょう」

　おとりとおきのは、顔を見合わせて驚いている。

「しかしそれじゃあ、石山の摘み子たちと給金に差がでるのではありませんか。そんな事がわかったら、石山の摘み子は怒ってしまいます」

「藤兵衛さんにも、それぐらいの上乗せはしてもよいでしょうと話はしてあります。山科でそういう条件で集めていたのなら、きっと石山の方でも同じ条件を出している筈です。大丈夫です。私も腹を決めて出かけてきましたから。それから、これはここに来るまでに考えていたのですが、おきのさんのように、昔うちで摘み子をしてくれた方々が、家族の許しを得て、また摘み子が出来るというのなら、是非お願いしたいと思います」

　おとりが、嬉々《きき》として膝を打った。

「それなら大丈夫。集めてみせます。おきのさん、あんたも集めてくれますね」

「もちろんです。あたしもばっちゃが元気なら、是非にもお願いしたいところです」

「おきのさん、お手当を弾みますからね。十日ほどしたら、おとりさんがまた参りますから、それまでにお願いします」

綸はそう告げると、おとりと小屋を出た。

「ちょっと待ってください」

おきのが追っかけて来た。

「ひとつ話しておかなくては……おとりさん、おみつさん知ってますよね」

と言う。

「おみつさんなら私も知っています」

綸が言うと、

「亡《な》くなったんですよ」

おきのは言った。

「亡くなった……今年は上林家の薗畑で摘み子をしてもらってたんですよ」

おとりは聞き返す。

「それが、心中したっていう噂なんです」

「誰と……」

「朝比奈家の焙炉師に六之助さんていたでしょう。その人と……」

綸は絶句して、おとりと顔を見合わせた。

三

綸とおとりがおみつの死を聞いた翌日、藤兵衛と利助も六之助の女房から亭主の死を告げられた。

「なんやて……六之助さんが死んだ？」

藤兵衛と利助は、仰天して六之助の女房を見た。

おとりが摘み子を集めるために、石山方面で助力してもらっている人に会ったあとで、二人は焙炉師六之助の家に立ち寄ったのだ。

すると、お石という女房が出てきて、亭主は死んでしまったと言うのである。

お石は中背の小太りの女だが、その顔には精気がなかった。

「何時《いつ》のことだね、何の病気で死んだのだね」

藤兵衛が問いかけると、

「大津の浜で水死体となって……山科のおみつという人と、心中したって」

「何、おみつだと……」

藤兵衛は驚いて、利助と顔を見合わせた。

「でも……」

お石は、きっと目をつり上げて、

「心中なんかじゃありません。亭主は殺されたのです」

きっぱりと言った。

「何か心当たりがあるんですな」

藤兵衛の問いかけに、お石は頷くと、ちょっと待って下さいと言い、隣の部屋に向かったかと思うと、お石はシミの付いた半紙十数枚を束ねたものを持って出てきた。

「この紙は、朝比奈家で不要になったものをいただいてきて、焙炉のこととかお茶の仕立てのことを書き綴《つづ》っていたものなんですが、何か亭主の死の手がかりになる事が書かれているかもしれません。私は字が読めませんので……」

と言って藤兵衛に渡した。

「読んでよろしいのか」

藤兵衛の問いかけに、

「私は亭主は心中なんかじゃないと思っています。摘み子の人と何があったのか詳しいことは知りませんが、ずっと亭主の態度はかわっていません。夫婦ですから、亭主がよその女とわりない仲になっていたら、ほんのちょっとした事で分かりますよ。でもそんな事はまったくなかったんです。子供も可愛がっていましたからね。第一、あの日亭主を呼び出したのは、人相の良くない男だったんです。女の人に会いに行ったんじゃありません」

「その男の人相風体だが、何か覚えているかね。たとえば目が大きいとか色が黒かったとか……」

「鼻のてっぺんに大きな黒子《ほくろ》がありました。あんまり目立つところにあったものですから、よく覚えています」

「男の名前は……六之助さんはなんて呼んでいたんだね」

「それは、覚えていません。亭主は、あいつはって言っていましたから名前は……」

お石は首を横に振った。

「着物の柄は……」

「茶色に縞《しま》でした。その男の呼び出しはその前にもあったんです。その時には、亭主は家の外で話していましたが、その男に怒ってました。いい加減にしてくれって、俺の気持ちは変わらないって……そしたらその男の捨て台詞《ぜりふ》が、断ったらどうなっても知らねえぞ、って亭主を脅していたんですよ……」

藤兵衛は険しい顔で頷くと、すぐに六之助が書き残していた文字を追った。

藤兵衛の肩越しに、利助も読む。

二人の顔色が変わっていく。

「お石さん、これを預からせてもらってもいいかね」

藤兵衛は読み終わると、お石に聞いた。

「やっぱり、亭主はあの男に殺されたんだね」

「おそらく……詳しいことは、こちらでよく調べて、お石さんにも知らせますよ」

「ありがとうございます。よろしくお願いいたします。誰にも頼れなくて、心細くて……」

気丈だったお石は、俄《にわか》に堰《せき》を切ったように涙を零《こぼ》した。

「おっかさん……」

外から男の子が帰って来たが、母親の泣いているのを見て驚いたのか、心細げな声を出した。

「お石さんのぼんか？」

利助が男の子に聞く。

「松助《まつすけ》だ……」

小さな声で応《こた》えた。十歳になるかならぬかの男の子だ。

「心配することはないぞ。私たちは朝比奈家の者だ。おっとさんの事を心配して来てみたのだ」

松助は利助の顔をじっと見る。

「松ぼう、おっとさんがお世話になった人なんだよ」

お石が涙を拭《ふ》いて伝えると、

「おいら、大きくなったら、おっとさんと同じように焙炉師になるんだ。そうして、おっかさんとおばばに、うまいものを食わせてやるんだ」

朝比奈家の者と知って安心したのか、そう言ったが、すぐに涙が零れてきて、

「おじさん、おっとさんは誰に殺されたんだ……何故死んだんだ……おいらたちを残してよ、なんで死んだのか教えておくれよ」

泣きながら言う。

「ぼん……」

藤兵衛は膝を落とすと松助の顔を見て、その手を握り、

「おっとさんの敵《かたき》は朝比奈家でとってやる。それより、松助は焙炉師になるといったな」

「うん、おっとさんとの約束なんだ。だからおっとさんは、おいらのために書き付けを残してくれていたんだ」

「そうか、分かった。そういう事なら、大きくなったら、きっと朝比奈家の焙炉師として働いてもらうようにするからな、それまでおっかさんを守って待っていてくれ」

藤兵衛は松助の頭を撫《な》でると、巾着《きんちゃく》から銀一両を出してお石の手に握らせた。

「お石さん、いい倅がいるじゃないか。この倅なら六之助の後継になる。お綸さまのお許しをいただいて、出来るだけ早いうちから朝比奈家の焙炉師として育てるように考えるから安心していなさい……だからあんたも、負けずにしっかり生きてもらわんと……これは朝比奈家の気持ちや、暮らしに困るだろうから、とっといてくれ」

「すんまへん、恩にきます」

お石は両手で一両の小判を押し頂いた。

翌日宇治に帰った藤兵衛と利助は、一足先に帰っていたお綸と清四郎に、六之助の書き付けを見せた。

「許せぬな、これは……」

書き付けを読み終えた清四郎は険しい顔で言った。

書き付けには、たびたび里見家の使いの者と名乗る男が、六之助を誘いに来ていたらしく、そのやりとりが書かれていた。

使いの男は、里見家ならば焙炉師は朝比奈家の二割増し出すと言い、里見家に寝返れと執拗《しつよう》に迫っていたことが記してあった。しかも、

「朝比奈家は近いうちに潰《つぶ》れることになる。男はそう言ったと書いてあるが、いったいどういうことなんだ」

清四郎の怒りは次第に膨れあがってくる。

「ただの当てずっぽうでしょうか、それとも、何か根拠があっての事でしょうか」

綸の胸に疑問が広がる。

「とにかく、この男、六之助を殺した奴《やつ》をつきとめます。摘み子引き抜きも里見家だったと分かりましたので、何を企《たくら》んでいるのか、捕まえて絞り上げてみましょう」

藤兵衛が言う。

「他の焙炉師の方も調べた方がいいな」

清四郎が皆の顔を見渡した。

「おそらく他の者にも誘いをかけていたと思われます。だが、いい返事が返っ

てこなかった。そこで六之助を見せしめに殺した……」

藤兵衛は思うところを述べた。

「旦那さま、私が焙炉師一人一人に当たって確かめてみます」

利助が言った。

「よし、そうしてくれ。証拠を摑《つか》まなくては手も打てぬ」

清四郎が言ったその時、

「旦那さま、お綸さま、東の薗畑の苗木がめちゃくちゃです！」

若い手代が飛び込んで来た。

綸、清四郎、藤兵衛、そして利助も東の薗畑に走った。

「あっ……」

薗畑に足を踏み入れるなり、綸は声を上げた。

先日手を入れた苗木の枝が、半分以下の背に薙《な》ぎ切られていた。

大鉈《おおなた》で手当たり次第に切ったものか、一面枝が散乱している。葉を無くした御茶の木は、まるで枯れ枝の畑である。

「父上が、育てていた苗木を……」

綸は枝だけになった茶の木を摑んで、歯がみした。

「お綸さま、これは口に出すのも縁起の悪い気がいたしますが、先年宇治を追いやられた森家と同じですよ」

藤兵衛は、切り捨てられていた枝を手に、途方に暮れた顔で畑を見渡した。

「森家もこうでした。皆口を閉ざして無かったことになっていますが、あの時、私は森家の畑を見ています。これと同じでした。茶の木は刈り取られ、畑一面に残骸《ざんがい》が撒《ま》き散らされておりました」

藤兵衛の胸には、静かに恐怖が膨れあがっているようだ。

森家の場合は、薗畑の半分ほどが荒らされていた。

犯人は百姓二人と判明して捕まえたが、百姓を所司代に突きだそうとしたところで、何者かの奸計《かんけい》にはまってお家断絶となったのである。

近衛家に身を寄せている元森家手代の万五郎が話してくれた、森家断絶の時と同じことが、この朝比奈家にも起きているという事かと、綸は身震いした。

「誰がやった、許せねえ！」

利助が怒りも露《あら》わに拳《こぶし》を作ったそのとき、手代の多七が走って来た。

「旦那さま、お綸さま、本畑と西の畑は無事でした」

綸と清四郎は、ほっとして顔を見合わせたが、

「まずは犯人を捕まえて問いただし、罰を受けさせる」

清四郎は皆を集め、徹底的に調べるよう命じた。

だが、調べは思ったようには進まなかった。

綸にも清四郎にも焦《あせ》りが出てきた。

茶薗の経営は春夏だけ多忙なのではない。秋には秋の、冬には冬の仕事がある。

ところが藤兵衛ばかりか手代まで犯人探索に手をとられ、人を雇って東の畑の後始末と手入れをし、本畑と西の畑に見張りをつけたが、全てにおいて余所《よそ》の茶薗より遅れをとっていた。

「朝比奈家の、何を憎んでのことでしょうか」

綸は清四郎に弱音を漏らした。

そんな折り、文の容体が悪くなった。

数日前から風邪を引き、医者は毎日容体を診に来てくれていたのだ。その医

者が、

「今日は少しなら話せます。でも明日は保証ができません。最後のお別れだと思って話したいことがあればお話し下さい」

医者は綸にそう告げた。

綸と清四郎が、文の枕元《まくらもと》に向かった。文は、おしのが見守ってくれていたが二人が入って行くと、静かに部屋を出て行った。

文は窶《やつ》れた顔にほほえみを浮かべて二人を迎えた。

「おばばさま、お加減はいかがですか……」

綸は笑顔を浮かべて尋ねる。

「綸、いよいよばばもお別れじゃ」

文は、あっさりとそう言った。

「なんの、まだまだお元気でいていただかなければ」

清四郎は笑顔を浮かべて繕ったが、

「自分の寿命は分かるものだ。ひ孫の顔を見たかったがそれが出来ぬのが心残り。清四郎どの、朝比奈家と綸を頼みましたぞ」

清四郎は、文の目を見て頷いた。

「今薗畑が大変な時に、ばばが死ぬのはご先祖さまに申し訳ないが、これも運命じゃ。綸、清四郎どの。ばばの遺言を聞いてくれるな」

二人は顔を見合わせると、文の顔を見た。

「綸には一度話したが『怒りは呑《の》み込め、それを糧《かて》にして機をみて踏み出せ、何どきも御茶師であることを忘れるな』この言葉をしかと肝に銘じるのじゃ」

綸も清四郎も大きく頷いてみせた。

「それと、もうひとつ、おしのの事じゃ」

「おしのさん……」

「おしのを最後まで、この朝比奈家で面倒をみてやってほしいのじゃ」

「もちろんです。おばばさまに言われるまでもなく、ずっとこの朝比奈家で奉公していただきます」

「おしのはのう、以与が亡くなったあと、父上の、道意の世話をずっとしてきてくれた女子《おなご》じゃ。そういえば分かるな」

文は綸の目を見詰めた。

綸は絶句した。考えてもみなかった事だった。

「おしのは、ただの女中ではなかったのじゃ」

「……」

「気の毒なのは、腹に子が出来ても、朝比奈家の跡取りには出来ぬと、ばばはおしのには釘《くぎ》を刺した事があった。おしのはそれでも道意の世話をしてくれたのじゃ。おしのに子は出来なかったが、かわいそうなことを言ったものじゃと心残りでな」

綸には返す言葉がなかった。

おしのは、綸の父とそういう間柄になっている事を、微塵《みじん》も態度に表さなかったのである。

「ご安心下さい、おしのさんには生涯ここで暮らしていただきます」

綸が言う。すると清四郎も、

「私も約束致します」

文に頷いた。

文は、ほっとした顔をみせると、手を伸ばして綸と清四郎の手を握り、

「ばばの葬儀は、いま抱えている難儀を解決してからでよいぞ」

文は微笑《ほほえ》んで言った。畑を荒らされたことも、摘み子を集めるのに難儀している事も、焙炉師が一人殺されたことも、文の耳には入れていなかったが、文はなにもかもお見通しだった。

最後の最後まで気丈に振る舞っていた文も、翌朝眠るように逝《い》ってしまった。

夜明け前

一

　文の葬儀は、しめやかに行われ、遺骸は平等院に葬《ほうむ》られた。

　上林夫婦も葬儀には参列してくれたが、徳順が病で顔色が悪く、清四郎を心配させた。だが徳順は、

「いよいよ綸どのと清四郎がこの家を担《にな》うことになったな。上林家としても後見する。決して侮《あなど》られることのないように致せよ」

　励ましの言葉を掛けて帰って行った。

　弔問客が引き上げると、家の中は火が消えたようになってしまった。

　父の道意、そして織部、いままた文まで失った綸の胸は寂寥感《せきりょうかん》に包まれていた。涙を流せば胸のつかえも軽くなるのに、綸の胸にあるのは朝比奈家の屋台

のこと。家を守るという責任は、清四郎がいてくれるとはいえ、綸の肩に重くのしかかっていた。

綸は、文の位牌《いはい》に手を合わせた。弱気になっていた。文に助けを求めたい気持ちがあった。すると、

『しっかりしろ、そんなことでどうする。立ち止まるな！』

どこからか厳しい言葉が飛んできた。

綸は、はっとなって辺りを見渡した。だが部屋には誰もいなかった。間違いない、あれはおばばさまの声だ。そう気付いた時、綸は背筋を伸ばして文に誓っていた。

「綸は、負けません」

その時だった。

「お綸さま、玄関に米田という方が参っております」

女中が告げに来た。

「米田……」

綸は、はっとして立ち上がった。

大坂の陣のおり、豊臣方の残党を助けたことがあったが、確かその時の頭が、米田友二朗と言った筈《はず》だ。

玄関に急ぐと、野袴《のばかま》で小刀を腰に差した精悍《せいかん》な顔立ちの男が立っていた。

「お久しぶりでございます。お助けいただいた米田友二朗でございます」

米田は腰を折った。

「ご無事でなによりでございます。あのあと、皆さまどうなさったのかと案じておりました」

「私は今、鷹ヶ峯《たかがみね》で本阿弥《ほんあみ》光悦《こうえつ》さまのお世話になっています」

と米田は言った。残党になり力尽きて命乞《いのちご》いをした時と違って、顔には精気が漲《みなぎ》っていた。

「まあ、光悦さまに……私はお会いしたことはございませんが、織部門下の愛《まな》弟子と伺っていました」

「はい、小堀遠州さまとは弟子として双璧《そうへき》であったとか、しかし織部さまの近くにいた事が災いしたのか、織部さま切腹後、光悦さまはそれまで暮らしていた本阿弥《ほんあみ》辻《つじ》を追放されて人里離れた鷹ヶ峯に追いやられたのでございます」

綸は頷いた。織部に近かった者は、大御所家康の目には危険な輩《やから》に見えるのだろう。

「ご存じないでしょうが、鷹ヶ峯は原野です。その原野を今、東西二百間、南北十町を目標に切り開いて町を造るために大勢の者たちが雇われて働いております。私は光悦さまのお近くに仕えまして、光悦さまお作の茶陶などを方々にお届けしたり、ご用をつとめたりしています」

「良かったこと、まずはどうぞ、祖母の葬儀が終わったところではございますが、お上がり下さいませ」

綸は家に上がるように勧めたが、

「いや、取り込み中のところを申し訳ない。私もすぐに鷹ヶ峯に戻らねばなりません。ただひとつだけ、綸どのにはお伝えしておかなければと思いましてお伺いした次第です」

米田は一転して、険しい顔になった。

「何でしょう……」

「実は光悦さまのご意向もありまして、織部さま切腹のこと、いろいろと調べておりました」

「何か分かったのですね」

綸は訊《き》く。

「はい、織部さま一族が凄惨《せいさん》な最期《さいご》を遂げたのは、所司代に織部さま謀反《むほん》有りと密告した者がいたという話はご存じですね」

綸は、静かに頷いた。

「密告が証拠の一つとなったと公《おおやけ》にされましたが、じゃあその者がいったい誰だったのか公にはなっておりません。その誰かを探るよう光悦さまから言われたのです。で、ようやく分かったのですよ」

「誰ですか、その者は……」

きっと綸は見た。

「今は里見家に雇われております桑井《くわい》という男です」

「桑井……」

「はい、桑井も関ヶ原の戦《いくさ》で浪人になった者だそうです。里見家は所司代とは近しい間柄です。織部さまが秀頼さまの行く末を案じておられたのは誰もが知るところ、それを謀反有りと仕立てたのは、大御所家康さまのご意向を汲《く》んだ所司代さま。桑井は所司代さまの手先となって卑劣な策で密告話をつくりあげたのだと思われます」

「間違いないのですね……」

「はい、桑井は織部さまの屋敷に何度も見張りに立ち、また尾行もしていたようですから……その事は近隣の百姓に確かめております」

「なんと……」

　きりきりと怒りがこみ上げて来る。

「織部さまのお父上は、太閤《たいこう》殿下がみまかられた時に追い腹を切った程のお方です。織部さまも秀頼さまの行く末を案じておられた。これは近衛さまもそうです。太閤殿下が関白になることが出来たのは、近衛家の養子にしてもらったからなのです。それゆえ太閤殿下は近衛さまの広大なお屋敷をお建てになった。近衛家と豊臣家の縁はとても深かったのです。ですから近衛さまも秀頼さまを案じておられた。その近衛さまがご病気でお亡くなりになった時、織部さまさえいなくなればと、家康さまが考えても不思議はありません」

綸は黙して頷く。

「桑井のことが判明したといって、今さらどうなるというものではございません。公にすれば、こちらの身が危ない。ですが、朝比奈家は織部さまとは縁が深かった。町の者の噂《うわさ》では、薗畑が荒らされたとも聞いております。ですからお綸どのにはお伝えしておいた方が良いと思ったのです。十分に気をつけていただきたい」

「ありがとうございます。お知らせいただき、少し謎《なぞ》が解けました」

綸は頭を下げた。

また参りますと、米田は急いで帰って行った。

「綸……」

清四郎が背後から入って来た。

「お聞きになっていたんですね」

「このままではすまぬ筈だ。畑の見張りも厳重にしなければな」

清四郎は険しい顔で言った。

「来た……」

利助が呟《つぶや》き、振り返って綸と多七に頷いた。

冷え冷えとした月の明かりが照らす本畑の端に、二人の男の影が現れたのは、文の葬儀があった数日後のことだった。

朝比奈家では戦であぶれた浪人や町の屈強な男たちを雇い入れ、寝ずの番で畑を見回っていたのである。

今夜の当番は本畑が綸と利助と多七、西の畑が雇い入れた浪人一人と藤兵衛だった。

屋敷で待機しているのが清四郎と上林家の奉公人で力持ちの権之助《ごんのすけ》、そして口入れで雇った屈強な男が二人、手代が三人と若い衆が見回りの交代を待っていた。

「どのような手段を使っても、朝比奈家をおとしいれようとしている輩を捕まえる。白状させて、まずは代官上林家に突き出す。更に京都所司代に連行となるだろうが、それらは公然と、多くの人の目にとまる形でやらなければなるまい」

陣頭指揮は清四郎が執っている。

綸は、清四郎から見回りは止《よ》せと引き留められたが、屋敷でじっとなどしていられなかった。

だから今夜も手代二人を引き連れて、本畑を見回っていたのである。

「まだまだ」

綸は手代を制し、茶の木の陰に身を隠して男たちが畑に入ってくるのを待った。

綸は腰に小刀を差している。利助は樫《かし》の天秤棒《てんびんぼう》を握っているし、多七は腰に刀を一本差している。

二人の男は手に鉈を摑んでいる。用心深く辺りを見渡しながら畑の真ん中あたりの畝間《うねま》で立ち止まった。

冷涼とした夜の茶薗《ちゃえん》に、殺気だった二人の男の目が光る。

「早いとこ、やっちまおう」

一人の男が言い、二人は互いに顔を見合わせて頷くと、鉈を大きく振り上げて一振りした。

茶の木を切る大きな音がして、同時に辺りに枝が飛び散った。

「待ちなさい！」

畝間にいる二人を挟み撃ちにするように、綸たち三人が二人の前後に走って行って立った。一方には綸と利助、もう一方には多七が立った。

二人の男は、ぎょっとして目を凝らす。

「この目でしかと見たぞ。言い逃れは出来んぞ！」

利助が怒鳴った。二人は鉈を向けて身構える。

「お前たちはそうやって、東の薗畑も荒らしたんだな」

綸が間合いを詰めながら問う。

「知るもんか！」

男の一人が、いきなり綸に飛びかかってきた。

「お綸さま！」

利助が叫んだのと同時に、綸は男の鉈を小刀で躱《かわ》したが、力に負けて後ろに飛ばされた。

「ふん、女だてらに……しかたがねえ、命を貰《もら》うぜ……」

男は再び鉈を構えた。

もう一人の男は、多七と斬《き》り合っている。

なにしろ茶畑の畝と畝の幅は限られている。むこうもこちらも、思うようには動けない。

「利助にお任せ下さい。後ろにお下がり下さい」

利助が綸の前に出たその時、今度は利助めがけて鉈が飛んできた。

利助は樫の木刀で鉈を受けた。だが、

「あっ」

木刀は、鉈になんなく断ち切られた。

綸と利助は後ずさる。一歩、一歩、男の動きを睨《にら》みながら足で畝の幅を確かめながら足場をさがす。

「！……」

足の腹で小石を踏み、注意が一瞬男から逸《そ》れたその時、再び利助に鉈が振り下ろされた。

「利助！」

綸は利助を横手に突き飛ばし、男の鉈を小刀で跳ね返し、自分も利助とは反対側の茶の木に倒れ込んだ。

にやり……男は綸を見て笑った。

ずいと歩幅を寄せて、鉈を大被《おおかぶ》りした男の顔に、綸は懐《ふところ》から何かを摑みだして投げつけた。

ぱっと白っぽい粉が男の顔で飛び散った。

「うわっ！」

男は目を押さえた。足下がふらついている。

――今だ！……

綸は鉈を持った男の手を峰で打ち据えた。

ぽろりと鉈が転げ落ちた。

「利助、縄！」

綸が叫ぶと同時に、利助が男の腰を蹴《け》って跪《ひざまず》かせ、手早く縄を掛けた。

多七は……と見ると、既にもう一人の男を打ち据えていた。

「いたた、目が痛い、何しやがった……」

目が見えなくなった男は泣き声で言う。

「お竈の灰だ」

と言った綸は、男の顔を見て驚いた。

月光に照らされた男の顔の鼻の上には、大きな黒子があるではないか。しかも、着ている着物は縞模様。

「お前は、六之助さんを殺した里見家の者か！」

綸が嚙《か》みつくように訊く。

男が一瞬狼狽《うろた》えた。

「許せぬ……」

綸が小刀を男の首に突きつけたその時、

「あそこだ！」

「お綸さま！」

畑に駆け入る声が聞こえた。藤兵衛と浪人だった。

「怪我《けが》はございませんか」

藤兵衛は綸に訊いたが、目の前で泣いている男を見て舌打ちした。

二

「まだ口を割りません」

綸が土間に出て行くと、疲れた顔をして藤兵衛が言った。

捕まえた二人の男を、昨夜から交代で尋問しているのだが、二人は口を一文字にして、何を訊かれても応えなかった。

いずれの男も三十そこそこ、黒子の男は精悍な顔立ちだが、もう一人の男は、貧相な顔立ちで目も口も薄かった。

綸は土間に降りると、二人の男の側にしゃがみ二人の様子を見た。

二人は震えていた。宇治の朝方は特に冷える。

気温が低いのはいうまでもないが、男二人を尋問するために、誰かが体に水を掛けたようで、濡《ぬ》れた着物に体温が奪われて震えているのだった。

しかも二人の男は、体を支える元気もなくなったのか、

「おい、起き上がれ！」

浪人が引きずり上げても、すぐにぐにゃりとして土間に転げた。かなり衰弱

しているのが分かった。

六之助とおみつを殺し、朝比奈家の薗畑を荒らした男たちは、八つ裂きにしても足りぬが、ここで殺してしまっては第二の男たちが送られてくるだけだ。

「番頭さん、おしのさんに言って、この二人に着替えをさせて下さい」

綸は立ち上がって言った。

「いいんですか、こんな奴らに、そんな施しはいりませんよ」

多七が言う。

「いいから……それから熱い湯と握り飯を食べさせなさい」

「お綸さま……」

多七は不満だった。一晩中さんざん手こずらせた男たちだ。

その気持ちは、多七だけでなかった。そこにいた皆も不満だった。だが綸の言葉に逆らえない。まもなく、男二人に奉公人に着せていた着物の古い物があてがわれた。

台所の方で朝食の支度をするまな板を叩《たた》く音が聞こえ、やがて、

「朝ご飯です」

若い女中が告げに来ると、綸は藤兵衛と利助を残して、他の者たちは食事をしてくるように勧めた。

着替えをして人心地ついた男二人は、その耳で朝比奈家の朝の様子を、じっと聞いているように見えた。その姿は哀れに見えた。

皆が食事に向かうと、入れ替わりにおしのが、熱い湯と握り飯を運んできた。握り飯には沢庵《たくあん》も添えられている。

「お綸さまのお情けだ。食え」

利助が二人の前に置いて言う。

男二人は、もじもじしてみせたが、その目は、熱い湯と握り飯を睨んでいる。

「いらんのか」

利助が手を出したその時、二人はがっと握り飯を摑んでかぶりついた。うぐうぐと喉《のど》を鳴らして腰に縄を付けられた二人が、握り飯を頬張っている。

綸はじっと見詰めていたが、ぽつりと言った。

「考えてみれば、この者たちもかわいそうな人たちね。命令を聞かなければ家族も自分も生きる術《すべ》がないのでしょうね」

「うっ……」

鼻に黒子のある男が、口に握り飯を詰め込んだまま泣き出した。すると、もう一人の男も泣き始めた。やがて、

「悪うございました」

黒子の男が口走った。

綸は、藤兵衛と利助と顔を見合わせた。

黒子の男は、熱い湯で口の中の飯を流し込むと、

「おっしゃる通り、わしもこいつも、里見家で働いている者です」

俯《うつむ》いて言った。

「話してくれるんですな、なにもかも」

藤兵衛が、うなだれている二人に言った。

「どうせこうなったら、わしら二人生きてはおられません。せめてその前に、こうしてぬくい着物を着せてくれて、飯も出してくれた恩をお返ししたいと思います」

黒子の男がそう切り出すと、もう一人の男は、

「わしは捨吉《すてきち》、こいつは甚六《じんろく》といいます。二人とも水呑み百姓でございます。里見のだんなさんに声を掛けていただいて、薗畑の世話をさせてもろうてくらしています。わしには母親がおりまして、甚六には女房がおります。里見家の旦那《だんな》の命令を聞かなかったら、おふくろや女房の命も無いぞと脅されて……」

大の男が涙を拭《ぬぐ》う。

「それで、うちの畑を荒らし、摘み子を引き抜き、焙炉《ほいろ》師《し》の六之助とおみつを殺したというのか」

藤兵衛が念を押した。

二人は、こっくりと頷《うなず》いた。

「もうひとつ聞きたいことがある。里見家に桑井という浪人がおりますね」

綸が訊いた。

「桑井……ああ、桑井差《さ》次《じ》郎《ろう》さまのことだな、おります。里見家の客人で」

綸は頷くと、立ち上がった。

「この者たちは、私が連行します」

「待ちなさい、どこに連行するというのだ」

清四郎が険しい声で言った。

「まずは里見家、次に京都所司代に向かいます」

「綸、森家がどうなったか忘れた訳ではあるまい。その二人の命も、綸の命も狙《ねら》われるぞ。ここは上林家に任せるがよい」

「そうなさいませ、お綸さま……」

藤兵衛も横から取りなす。だが綸は、

「うやむやにされたくないのです。里見家は罰を受けねばなりません」

綸は凜然《りんぜん》として声を上げた。

「開けてくれ!……開けろ!……朝比奈家の者だ!」

利助と多七が里見家の門を叩くと、門の内で俄にざわめくのが聞こえた。両端には警護役として浪人と権之助が立っていて、その背後には綸が険しい目で門を睨んでいる。

綸は、清四郎や藤兵衛の心配を押し切って、証拠人を連れて里見家に乗り込んで来たのであった。

まもなく扉が開いて、番頭と手代三人が姿を現した。

浪人と権之助が、甚六と捨吉を前に突きだすと、

「お前！……」

番頭の顔色が変わった。

「この二人に覚えがあるようだな」

綸は、里見家の者たちの慌《あわ》てぶりを見て、

「全てこの二人から聞いた。朝比奈家を潰すためにいろいろときたない手をつかったばかりか、東の畑を荒らし、昨夜は本畑を荒らそうとした。全て里見家の旦那さまから命じられたと言っている。主をここに呼んで来なさい」

厳しく言った。

手代が慌てて屋敷の中に走るが、出てきたのは刀や木刀を持った奉公人たちだった。浪人も一人いた。その浪人が前に出てきて言った。

「捕まえて縛り上げろ！」

「桑井差次郎！」

綸の一声に、桑井はぎくりとしてひるんだ。

「お前が何をしたのか分かっていないとでも思っているのですか。やれるものならやってみなさい！」

綸も刀に手を置いた。

その時だった。

「待て！」

馬に乗った小堀遠州が家来を連れて近づいて来た。

「綸どの、その二人は私が預かる。綸どのにかわって必ず所司代まで連行し、これまでの悪行を述べさせる」

「小堀さまが？」

綸は、ひらりと馬から下りた小堀を、険しい顔で見返した。

忘れていた小堀への憤《いきどお》りがまた胸を突き上げてくる。

「案じることはない。私も朝比奈家の畑が荒らされたと聞いて調べていたのだ。私に任せなさい」

「あなたさまが、朝比奈家の窮状を救って下さるというのですか」

綸は醒《さ》めた声で言い、

「小堀さま、織部さまと親しかった朝比奈家に手を貸しては、のちのち小堀さまがお困りになるのではありませんか」

「綸どの……」

小堀は寂しげに苦笑を洩《も》らした。

「織部さまと親しい方たちは、皆何らかの制裁を受けたようでございます。あの光悦さまも鷹ヶ峯に追いやられました。もっとも、あなたさまはご無事どころか、大変なご出世……」

「お綸さま……」

利助たちは、はらはらしている。

小堀遠州は哀《かな》しげな目で言った。

「織部さまの一件で私を恨んでいる事はよく承知している。だからこそ力になりたいのじゃ」

「異な事を……お気持ちが変わられたのでしょうか」

「変わってはおらぬ。今だから申そう。織部さまが最後に江戸に参られた時、私もお城でお目に掛かった。その時、織部さまはこう申された。わしもそう長くはあるまいよ、この歳《とし》じゃ、わしにもしもの事があった時には、そなた、綸の力になってやってくれぬかとな」

「織部さまが……」

綸は驚いた。まさか自分の後見を小堀に頼んでいたとは考えてもいなかった。

小堀は大きく頷くと、

「私は師の頼みをないがしろには出来ぬ」

きっぱりと綸に告げた。

「信じてよろしいのでしょうか。私はずっとあなたさまを、あなたさまを……」

綸は言葉を詰まらせた。

小堀はじっと綸を見詰めた。切なげな目の色だった。

綸は、その目の色を見て、はっとした。

小堀が御茶師となって初めて御茶吟味に朝比奈家にやってきた時、小堀を問い詰めようとした綸に清四郎は、

「小堀さまも、舅《しゅうと》どのや大御所さまには逆らえまい」

そう言って綸を引き留めたが、それが本当なら小堀もまた弱い人間であったという事だ。

綸があこがれの目で見ていた端然とした姿、何ごとにも敢然と立ち向かうかに映った姿は、綸自身が勝手に仕立てあげた小堀像だったのかもしれない。人は、今ある権勢に逆らって生きるのは難しい。御茶師もそうだが、小堀も例外ではないのだ。そう思えば、この世のひとつひとつの出来ごとが、切なく映る。

小堀に綸を頼むと言った織部は、もしかして小堀の立場や性格を充分に悟っていて、そんな言葉を残したのかもしれない。織部の言葉は、これまで恩師に対して、裏切り者、薄情者ととられかねない態度しか示せなかった小堀の心を大いに救ったのではないか。

そこまで考えて、綸は何かが、ことんと胸の中に落ちたように思った。

綸は我に返ると、甚六と捨吉を縛った縄を摑んでいる浪人と権之助に命じた。

「二人を渡しなさい……」

小堀はそれを受けて、里見家の番頭に顔を向けると、

「御茶吟味役小堀だ、主をここに連れて参れ」

容赦のない声で告げた。

その声が届いたか、屋敷の玄関から主の里見宗加が転げるようにして走り出てきた。

「里見宗加、なぜわしがここに参ったのか、分かっておるな」

小堀は尋ねた。

「お騒がせして申し訳ございません。ですがいったい、この者が何をしたというのでしょうか」

里見宗加は、跪くと平然と言い返す。

「何も知らぬと申すのか……」

「はい、その二人はわが茶薗とは、何のかかわりもございません、とうの昔に暇を出した者たちでございます」

「嘘《うそ》だ！　嘘っぱちだ。旦那さまが命じたやないか、朝比奈家を潰すために手伝えって」

　甚六が叫ぶと、

「言ったやろ。いう事をきかんかったら仕事はやらんて。命の保証もないて！」

　捨吉が怒りもあらわに宗加を指した。

「世迷《よま》い言《ごと》を！」

　きっと二人を宗加は睨むが、

「宗加、この二人はわしが京に連行し、京都所司代の元で吟味いたす。お前の言い分はその後で聞く。沙汰《さた》を待て。よいな」

　小堀が配下の者に、甚六と捨吉を連行するよう促したその時、

「お待ち下さいませ、小堀さま」

　宗加が、悲壮な顔で小堀を見上げた。

「私は、これまで京都所司代さまの意を忖度《そんたく》して参ったつもりです。それは全て徳川さま、大御所さまがお喜びになることだと信じて」

「だまれ！」

　小堀は一喝した。そして、

「もう戦は終わったのだ。世は変わった。それに、大御所さまは、お前のいうようなことを望んではおられぬと思うぞ。御茶師同士が競い合うのはよいが、争いを起こしてはならぬとな。そなたは沙汰を待て」

小堀は、ひとことの言い訳も受け付けなかった。

二人を連行して京に向かう小堀の後ろ姿を、綸は一行が角を曲がるまで見送った。だがその時、

「もはやこれまで……」

宗加の苦悶《くもん》の声に、驚いて振り向くと、宗加は地べたに額をつけて泣いていた。

「旦那さま！」

里見家の奉公人たちが、宗加に走り寄る。

「無念じゃ……里見家は終わりじゃ」

背を向けた綸の耳に宗加の嘆声が聞こえてきた。

立春を迎えたとはいえ春なお遠く、今日も冷たい雨が降っている。

綸はおしのを供にして、宇治上神社の名水、桐原水を汲みに行ったが、その帰りに宇治橋の袂《たもと》で妙な一団に目がとまった。

大人が五人、蓑《みの》を着て笠《かさ》を深くかぶり、顔を隠すようにして雨に打たれながら渡ってくる。しかもその五人は役人に追い立てられるように歩いてくるのだ。

綸とおしのは、橋の上で一行を避けるように欄干《らんかん》に寄った。

「あっ」

綸は、面前に迫った一行を見て思わず声を上げた。

役人に追い立てられて歩いてきたのは、里見宗加ではないか。

昨年の霜月に、小堀が連行した甚六と捨吉は、京都所司代に里見宗加の悪計を告げ、自分たちが命令を受けて手を下したことを白状したと聞く。

焙炉師の六之助と、茶摘み女のおみつを殺した事も正直に述べ、京都所司代は二人の罪一等を減じて京より追放した。

一方、里見家への処断は、新しい年になってから決まったようだ。

薗畑と家屋家財のいっさいは没収されたと、これも綸は噂で聞いていたのだが、宗加は倅《せがれ》や妻も一緒に追放となったようで、その旅立ちが、今日のこの雨の中で実行されているのだった。

「おかみさんですね」

おしのが綸の耳に囁《ささや》く。

二人の目の前を、宗加夫婦と倅、それに使用人二人が黙然として歩いて行く。

まるで地獄にでも引かれていくかのようで、ただただ哀れだった。

綸の脳裏を、かつて宇治を追放された森一族のことが過《よ》ぎった。今目の前に見えているのは、顔を背けたくなるような光景だが、綸は目をそらさずに一行が橋を渡り終えるまで見送った。

——あの一行の姿は、朝比奈家の姿だったのかもしれないのだ。

一つ間違えばこれからも、ああいう目に遭うことだってあるという事を、肝に銘じておかなければなるまい。

暗然として屋敷に戻ると、

「お綸さま、妙な小僧が来ていますよ。なんでも、清四郎さまが困ったら訪ねて来い、雇ってやる、などと言ったと言うのですが、帰れと言っても、清四郎さまやお綸さまに会うまで帰れねえなんて、言うことをきかなくて……」

多七は困惑した顔で綸に告げた。

——虎吉だ……。

と思った。

「今どこにいます？」

綸が尋ねると、台所に座っているのだと言う。

綸は、名水をお茶室に運ぶようおしのに頼むと、台所に回った。

「あっ、おかえりなさいまし」

台所女中二人は綸を迎えると、まな板の上で包丁の音を立てて菜を刻んでいる虎吉をちらと見て、

「なかなか包丁さばきが上手なんです」

くすくす笑った。

虎吉の顔は、煤《すす》けているのか汚れているのか薄汚い。着物も汚れていて、しかもあちらこちら破れて肌が覗《のぞ》いている。

「あっ、お綸さま！」

虎吉は、お綸に気付いて、駆け寄ってきた。

「おいら、こちらでお世話になりたいと思いまして、よろしくお願いいたします」

ぺこりと頭を下げる。

「柴《しば》売りは止《や》めたのですか」

「はい、おっかあが亡《な》くなって、ゆ、ゆきも三日前に何処《どこ》かに行ってしまって……」

「ゆきも？」

「体が弱ってたし、そやから死に場所探して、おいらの前からいなくなったんやと思います」

虎吉は、歯を食いしばる。

「そう……たいへんだったのね」

綸は、今にも泣きべそをかきそうな虎吉の顔を見た。

「おいら、行くところもねえ。お綸さま、ここで働かせて下さい。きっとお役に立つよう気張ります」

虎吉は、懸命に訴える。

「分かりました。虎吉、ここで働きたいのならやってみなさい。ただし、ここの暮らしは厳しいですよ。朝は早いし、掃除やお使いや下働きが虎吉の主な仕事です。若い衆や手代たちの下でお茶の仕立ての修業が出来るのは、ずっと先の話です。それでもいいのですか」

「なんでもやります、約束します」

虎吉は、目を輝かせて言った。

綸は微笑《ほほえ》んで頷いた。虎吉の逞《たくま》しさは誰よりも知っている。

――この子なら、この先、朝比奈家の役にきっと立ってくれるに違いない……。

茶摘みが始まる頃には殺された焙炉師六之助の倅松助もやってくる。虎吉がいれば奉公も心強いのではないかと、綸は二人の成長を楽しむ気持ちになっている。

早速、女中二人に、お仕着せの着物を着せてさっぱりさせてから、台所の下働きをさせるよう言いつけた。

「虎吉には、他の奉公人とは違った仕事を考えています」

上林家に出向いていた清四郎と藤兵衛が帰宅すると、綸はそう告げた。

「はて、どのような仕事ですか……」

藤兵衛が首を捻《ひね》る。

「御茶の仕立てを十分に習得させた後、朝比奈家の御茶を、いえ、この宇治の御茶をもっと広く、他国の人たちにも知ってもらうために働いてもらいたい、そう考えているのです」

綸がそこまで説明すると、

「わかった、虎吉を茶商に育てようというのだな」

清四郎は、にやりと笑った。

「さすがはお綸さま、確かに今は、御茶師自身が茶商を兼ねているような状況ですが、戦も終わり、世の中が落ち着いてくれば、御茶を欲しいという人たちは多くなるでしょう。良い考えだと存じます」

藤兵衛は膝《ひざ》を打った。清四郎も頷くと、

「綸、今日上林家に呼ばれたのは他でもない。今後御茶を出荷する際には、各家それぞれが茶銘を付けても良い事になったぞ」

改まった顔で綸に告げた。

「御茶銘を……」

綸は驚いた。

「すると、どの家の御茶が美味《おい》しいか、お客様の評価を受けることになるのですね」

綸は尋ねながら、それではますます御茶師の甲乙が付けられるのではないかと思ったのだ。

「案ずることはあるまい。他家の御茶では味わえぬ美味しい御茶を作ればよいのだ。茶銘の話は小堀さまからのご提案だというのだが、されば受けて立つ、というのが私の思いだ」

清四郎は少しも動ぜず、きっぱりと言い、笑顔を見せた。近頃はつとに、綸の目に清四郎はたくましく映る。

「それに、もうひとつ決まった事がある」

清四郎は言った。

それは、各家から出る最上級の御茶には同じ銘を付けるということだった。

最上級の碾茶《てんちゃ》は二種。ひとつは織部が好んだ青茶の最上の御茶を「後昔《あとむかし》」と命名し、白茶の最上の御茶を「初昔《はつむかし》」と命名する。つまりこの二種の御茶だけは、各家が一番美味しいと思った御茶に、同一の銘をつけて出荷することに決まったのだ。

そして各家特有の茶銘については、二番手の碾茶から付けてよしということだった。

清四郎は言った。

「つまり最上級の碾茶二種については、各家の格差は無いものとして販売するよう小堀さまは考えて下されたのだ。良い事だ。御茶師たちに異論はなかった。それで必要以上の競い合いはなくなるのだ」

綸は頷いた。

「確かに旦那さまのおっしゃる通りです。その家特有の御茶銘が許されたということは、朝比奈家にとっても好機となるやもしれません。藤兵衛、皆を集めて下さい」

凜然として綸は言った。

三

弥生《やよい》の節句を間近にひかえて、綸は吉野桜の片隅にある梅の枝を見上げた。びっしりと蕾《つぼみ》をつけた枝に薄桃色の花が咲き始め、そのこずえに小鳥が一羽、ぴょんぴょんと小枝を移動しては首を空に向け、喜びの声を上げている。

綸は笑みを浮かべると本畑の中に入って行った。

茶の木はまもなく萌芽《ほうが》を迎える。綸は茶銘の話を聞いてから、生育状況をみるために茶薗を丹念に回るようになっていた。

枝を引き寄せ、堅い葉の付け根から槍《やり》の先のようなしっかりした芽が出ているのを確認していく。

虫の害もなく、概《おおむ》ね順調のようで、綸は胸をなで下ろして薗畑を見渡した。

朝比奈家の摘み子たちの手配も滞りなく終っていて、一月半ほど後には、この畑は大勢の御茶を摘む女たちで賑《にぎ》やかになる。

御茶師として夫の清四郎と御茶の仕立てを行ってから今年で二度目の春を迎える綸。

感慨無量で頬に春の風を受けながら茶の木の波をじっと眺めた。

薗畑を巡る騒乱も世の乱れがあればこそ……この先の太平を願いながら綸は、ゆっくりと薗畑を見て回る。

「綸……」

清四郎が畑に入って来た。綸は笑顔で迎えた。

この一年の清四郎の働きは、綸の目には頼もしく見え、縁あって夫婦になったことを、今では天運とさえ感じている。

「旦那さま、良い芽が出ています、これなら大丈夫」

綸は声を弾ませた。

「うむ、それより綸、そなた、どこか身体《からだ》が悪いのではないのか。医者に通っているというではないか」

清四郎は案じ顔で綸の顔を覗いた。

「旦那さま」

綸は、微笑んで見せると、

「今夜にでもお知らせしようと思っていたのですが、ややが出来ました」

「何、ややが……」

清四郎は、驚いて目を丸くした。

「はい、本日お医者から、間違いないと言われました」

「お前と私の、ややが出来たというのか」

清四郎は興奮した声を上げる。

「はい、私と旦那さまのややでございます」

綸は、自分の腹にそっと手をやる。

「でかした綸、綸、礼を申す。これで朝比奈家は安泰だ」

清四郎は、綸の手を引き寄せると自分の両手に包んで言った。


綸の懐妊は、屋敷の者たちも喜んだのはいうまでも無い。

綸は仏壇に手を合わせて、父の道意と文にも報告し、それを終えると、茶室「鶯鳴亭《おうめいてい》」に釜《かま》を掛けた。

床の間には山芍薬《やましゃくやく》を活《い》けた。緑色の葉に真白い花が一輪、夏椿《なつつばき》に似て、茶室を凜とした清浄な空気で包んでいる。そして、正客の座には父道意が残してくれた『御茶日記』と織部の遺品の茶杓《ちゃしゃく》を置いた。

綸は静かに亭主の座に座った。湯を汲んで茶碗《ちゃわん》に注ぎながら、この茶室に入る少し前、おしのが暇乞《いとまご》いをしたことを思い出している。

「お綸さま、おめでとうございます。お綸さまに朝比奈家のお子がお生まれになる。お父上さまもおばばさまも、さぞかしお喜びのことと存じます。私もほっといたしました。藤兵衛さんから聞きましたが、薗畑の事も朝比奈家の心配は無くなったとのこと……私も、そろそろお暇をいただきたいと存じます」

おしのはそう言ったのだ。

「何故《なぜ》です。おしのさんには、ずっとここにいていただきたいのです」

綸は、文が死ぬ前に、おしのが父に尽くしてくれた話を聞いていることを告げ、礼を述べた。その上で、

「ややが出来れば私も大変です。御茶師として父の遺言を守りたいのです。そのためには、おしのさんの手が必要なんです。おしのさん、孫の世話をすると思って、朝比奈家で私を助けて下さいませんか」

綸がそう告げると、

「勿体《もったい》ないお言葉……」

おしのは、しばらく袖《そで》を目に当てて泣いていた。

綸はおしのの手を取った。

「ここでおしのさんに暇を出したら、私は父上にも、おばばさまにも叱《しか》られます。お願いします」

「ありがとうございます。そうまで言って下さるお綸さまを手助けせずに、このお屋敷を出ることはできません」

おしのは、綸の手を握り返してくれたのだった。

綸はほっと胸をなで下ろした。

御茶師修業を始めた綸が清四郎にも言えぬ恥ずかしい話をしたのはおしのひとり。

御茶師然とした衣服に整えて最初に覗いた蒸し場で若い女とぶつかりそうになって怒鳴られたのは序の口で、その後も茶撰《ちゃよ》りの部屋でうっかり言葉をかけ、

「すみません、薄葉が飛び散ります」

と注意を受けた。

又、生葉を蒸す時間を違えてみてはと伝えた時には、そんなことはとっくに試してあるのだと言われ、これまで行った詳細な記録を見せられたのだった。やることなすこと空回りして意気込んでいた気持ちもすっかり萎《な》え、悩んでいた時、笑い飛ばして励ましてくれたのもおしのだったのだ。二年余を経てようやく御茶師として立ったところだ。

だが綸の決意は誰にも負けない。

——父上、織部のおじさま、見ていて下さい。朝比奈家の危機はまた何時《いつ》襲ってくるかもしれません。でも清四郎さんと二人して、きっと守ってみせます。

綸は、正客の座にある御茶日記と茶杓に心の中で語りかけた。

色紙窓から差し込む柔らかい光が御茶日記と茶杓を包んでいる。

綸は、ふっと笑みを送ると、息を整えて御茶を練る。

練るごとに黒楽茶碗に深い緑が映え、かぐわしい香りが立ち上ってきた。

その時だった。

——鶯《うぐいす》の声が……。

綸は、はっとして手を止めて耳を立てた。

間違いない。どこからか鶯の声が聞こえてくる——ようやく春がきたのだ——。

新しい夜明けを告げに来てくれたのだと、綸は思った。

主要参考文献

『宇治市史　二巻・三巻・六巻』宇治市
『茶道文化選書　日本の茶　歴史と文化』吉村亨・若原英弌著　淡交社　１９８４年
『茶の文化史』村井康彦著　岩波新書　１９７９年
『別冊太陽　茶　日本のこころⅣ』林屋辰三郎・中村昌生・林屋晴三構成　平凡社　１９７３年
『よくわかる茶道の歴史』谷端昭夫著　淡交社　２００７年
『歴史文化ライブラリー　茶の湯の文化史』谷端昭夫著　吉川弘文館　１９９９年
『片岡道二家文書』宇治市歴史資料館編　収蔵資料調査報告書15　２０１３年
『宇治製茶始末絵図帖』国文学研究資料館
『別冊太陽　京都古地図散歩』平凡社　１９９４年
『日本史総合年表　第二版』吉川弘文館　２００５年
『新訂寛政重修諸家譜』堀田正敦編　続群書類従完成会　１９６４～６７年
『別冊歴史読本　徳川家康　天下人への跳躍』新人物往来社　２００８年
『淡交別冊　利休と七哲』淡交社　２０１２年
『古田織部』矢部良明著　角川叢書　１９９９年
『古田織部の書状』伊藤敏子著　毎日新聞社　１９８５年
『へうげもの古田織部伝　数寄の天下を獲った武将』桑田忠親著・矢部誠一郎監修　ダイヤモンド社　２０１０年
『テクノクラート小堀遠州』太田浩司著　淡海文庫22　サンライズ出版　２００２年

『エピソードで綴る　戦国武将茶の湯物語』矢部良明著　宮帯出版社　２０１４年
『新訂　古田織部の世界』久野治著　鳥影社　２０１２年
『別冊太陽　千利休「侘び」の創造者』平凡社　２００８年
『別冊太陽　小堀遠州「綺麗さび」のこころ』平凡社　２００９年
『別冊歴史読本　図録「日本史」総覧』新人物往来社　１９９１年
『図説　千利休　その人と芸術』村井康彦著　河出書房新社　１９９９年
『日本甲冑史　下巻　戦国時代から江戸時代』中西立太著　大日本絵画　２００９年
『歴史文化ライブラリー　時代劇と風俗考証』二木謙一著　吉川弘文館　２００５年
『古田織部四百年忌図録』古田織部四百年遠忌追善茶会実行委員会編　宮帯出版社　２０１４年
『大織部展　古田織部四〇〇年忌』岐阜県現代陶芸美術館他編　大織部展実行委員会　２０１４年
『没後四百年　古田織部展』古田織部展実行委員会編　宮帯出版社　２０１５年
『別冊太陽　小袖からきものへ　美を極めた染めと織り』平凡社　２００５年
『黒髪の文化史』大原梨恵子著　築地書館　１９８８年
『日本服飾史』男性編・女性編　井筒雅風著　光村推古書院　２０１５年
『花洛《みやこ》のモード　きものの時代』京都国立博物館編　京都国立博物館　１９９９年
『野村コレクション　服飾Ⅰ』国立歴史民俗博物館資料図録９　２０１３年
『日本の髪型』京都美容文化クラブ編　光村推古書院　２０００年
『江戸衣装図鑑』菊地ひと美著・画　東京堂出版　２０１１年
『小袖』長崎巌著　ピエ・ブックス　２００６年
『着物と日本の色　弓岡勝美コレクション』ピエ・ブックス　２００５年
「月刊なごみ　茶入を守る、よそおう　仕覆を深める」２０１４年10月号　淡交社

「月刊なごみ　桃山茶陶の華　織部焼とはなにか」２０１４年2月号　淡交社

取材　宇治・上林記念館／古代裂 今昔西村

解説

末國善己

お茶を題材にした歴史時代小説は、茶人に着目した作品が圧倒的に多い。特に豊臣秀吉の側近的な立場にありながら非業《ひごう》の最期《さいご》を遂げた千利休は、切腹を命じられた理由に諸説あるため、海音寺潮五郎『茶道太閤記《たいこうき》』、野上弥生子《やえこ》『秀吉と利休』、井上靖《やすし》『本覚坊遺文』、山本兼一『利休にたずねよ』、伊東潤『茶聖』など多くの作家を魅了する歴史小説の激戦区になっている。これに次ぐのが、利休の高弟で司馬遼太郎《りょうたろう》の短篇「割って、城を」、黒部亨《とおる》『幻にて候《そうろう》　古田織部』などで描かれた古田織部、徳川幕府の大名で、江戸初期に茶人、作庭家、書家として活躍し、葉室麟《りん》『孤篷《こほう》のひと』などで取り上げられた小堀遠州になるのではないか。

織田信長が名物を使って論功行賞や外交を行い、茶道を嫌っていた黒田官兵衛が、主君の秀吉に茶会は密談の場にもなると諭され考えを改めた逸話が残っているように、茶道には茶道具を介して交友関係を広げたり、出入り口や中が狭く密談に向いた茶室を使って交渉したりする役割もあった。そのため高名な茶人は戦国武将との関係が深く（茶人として高名な戦国武将も珍しくない）、茶人を主人公にすると、芸術小説にも、政治ドラマにもなる重厚な物語を紡《つむ》ぐことができたのである。

茶会を開くには、床の間に掛ける軸、香を入れる香合、お湯を沸かす釜《かま》、抹茶を茶席に運ぶ茶器、抹茶を茶碗《ちゃわん》に入れる茶杓《ちゃしゃく》、茶を点《た》てる茶筅《ちゃせん》など、様々な道具が必要になる。ただ茶道具を作る職人や売買する商人、茶葉を生産する業者に着目した作品はほとんど存在していない。この空白を見事に埋めたのが、江戸初期の宇治を舞台に、碾茶《てんちゃ》（抹茶の原葉。碾茶を石臼《いしうす》で碾《ひ》くと抹茶になる）を生産する名家を継いだ女性を主人公にした本書『茶筅の旗』なのである。

藤原緋沙子は、深川にある縁切り寺・慶光寺の門前で宿屋「橘屋《たちばなや》」を営むお登勢と用心棒の塙《はなわ》十四郎が、離婚を望む女性を助ける『隅田川御用帳』、江戸に架る橋を管理する北町奉行所の橋廻り同心が、自分の役職の範囲を超えて難事件に挑む『橋廻り同心・平七郎控』、女医者・千鶴《ちづる》の奮闘を描く『藍染袴《あいぞめばかま》お匙帖《さじちょう》』など、江戸市中で繰り広げられる人間模様を描いた人気シリーズを幾つも手掛けている。

そのため歴史小説色が強い本書は、異色作に思えるかもしれない。だが著者は、本書の単行本が刊行された直後の「波」（二〇一七年十月号）のインタビューで、「秀吉と千利休を題材にした小説も山ほどあるけれど、茶を生産する者までもが政治に巻き込まれ、戦場に駆り出されていたことは誰も書いていない。『絶対に私が書かなければ！』と決心したんですね」「そのためには歴史をきちんと学ばなければいけないと思い詰めて、立命館大学の史学科に入学したりもしました（笑）」と述べている。四十代後半で大学に社会人入学し、約二十年後に完成した本書は、著者の想《おも》いが詰まった作品なのである。

　物語の舞台となる宇治は、ユネスコ世界遺産「古都京都の文化財」の一つになっている平等院があり、また名産の抹茶も有名で、老舗《しにせ》の茶商が店舗の一部を改装するなどした抹茶スイーツのカフェは人気の観光スポットになっている。

　京の中心地から少し離れた宇治は、山と川に囲まれた風光明媚《めいび》な土地だったことから平安貴族の別荘地になっていた。それは紫式部『源氏物語』の「宇治十帖」の舞台となり、藤原氏が平等院を創建したことからもうかがえよう。日本でのお茶栽培は、鎌倉時代初期に南宋から帰国し、日本で廃《すた》れていた喫茶を再興した臨済宗の僧・明《みょう》菴《あん》栄西が始めたとされる。そして、宇治の主要な産業に発展した碾茶の製造、販売を行ったのが御茶師と呼ばれる人たちだった。室町時代になると、「宇治七茗園《めいえん》」（宇文《うもん》字《じ》園、川下園、祝園、森園、琵琶《びわ》園、奥の山園、朝日園）と呼ばれる優れた茶薗が生まれ、喫茶の習慣が茶道に大成して武家社会に広まるにつれ宇治の重要性は増し、茶道を政治に利用した信長、秀吉の庇護《ひご》を受けた宇治は、豊臣家や有力大名、公家《くげ》が用いる高級抹茶の産地としての地位を盤石にしていったのである。

ところが宇治の抹茶の理解者だった秀吉が没し、関ヶ原の戦いに勝利した家康が新たな天下人になると、上林家と双璧《そうへき》だった名門の御茶師・森家が幕府の命で断絶させられるなど、豊臣家の寵愛《ちょうあい》を受けていた宇治の立場は微妙になる。物語は、家康と大坂城で暮らす秀吉の遺児・秀頼の関係が悪化していた時期から始まる。

幼い頃、戦乱で焼けた伏見で迷子になり恐怖で記憶を失った綸《りん》は、子供がいない御茶師の朝比奈道意、以与夫妻の養女になり、跡取りとして育てられた。病がちな道意は、二十一歳になった綸に、茶園の管理、その日に摘む茶葉の見極め方、摘んだ茶葉を碾茶にする工程など本格的な後継者教育を始める。そのプロセスを通して、茶園を藁《わら》で覆《おお》って日光を遮る独特の茶葉の栽培方法や、季節労働者を雇っての茶摘み、碾茶の精製などが活写されていくので、知っているようで知らないお茶の奥深さに触れることができる。

さらに著者は、茶園一反あたりの肥料の値段、覆いをかける材料費や手間賃などを徹底した時代考証で掘り下げていく。高コストで高額商品を作っているがゆえに、天候不順などの不可抗力で茶園の将来が左右されるハイリスクハイリターンの経営を前に綸が不安を抱えるところは、ビジネス小説としても楽しめるだろう。

　朝比奈家を守る宿命を背負っている綸は、宇治の代官を務める上林家の養子・清四郎を婿《むこ》にすることが決まっていた。しかし子供の頃から実の娘のように可愛《かわい》がってくれた古田織部のところへ出入りしていた小堀遠州に、密《ひそ》かな恋心を抱き、その想いが断ち切れないため清四郎との結婚を先延ばしにしていた。綸は家の継承、同業の御茶師との協調など様々な制約を受けているが、これは結婚や出産といった人生の節目になると家庭か仕事かの選択を迫られ、昇進や昇給では男性より不利な扱いを受けるなど、目に見えない障壁に直面している現代の女性、マイノリティに近い。それだけに、自由を縛る慣習や止めようのない時代の流れに戸惑いながらも、懸命に自分らしく生きる道を模索する綸の姿には、共感する読者も多いはずだ。

　やがて徳川家と豊臣家が決別し、宇治は、絶対的な権力者になった家康に従うべきか、恩義ある秀吉に報いるため息子の秀頼に味方するかで意見がわかれ、清四郎と結婚し二人で朝比奈家を支える立場になった綸も、難しい舵取《かじと》りを迫られる。

　奈良街道が通り、水運に利用された宇治川が流れる宇治は、古くから交通の要衝だったため、挙兵をした以仁王《もちひとおう》と源頼政《よりまさ》が宇治橋を挟んで平家と戦った橋合戦、木曽義仲と源範頼《のりより》、源義経が戦った宇治川の戦い、後醍醐《ごだいご》天皇派と足利尊氏派が争った建武の乱でも主戦場の一つになるなど、何度も騒乱の最前線になっている。

兵農分離が十分ではなかった戦国時代は、農民は合戦が起これば兵士として前線に向かった。作中では多くの軍勢が行き来するのを間近に見ていた宇治の御茶師たちは、合戦があれば茶筅の旗を立て自治を守ろうとしたとされているが、宇治は応仁の乱後の山城国一揆《いっき》では、山城国衆と農民が合議で国を動かしており、御茶師たちの独立心の強さは歴史的な背景も大きいように感じられた。

だが宇治の独自路線は、大坂の陣で家康が勝利したことで裏目に出る。長く綸と朝比奈家の後ろ盾だった織部が失脚し、結婚後も完全に綸の想いが断ち切れていなかった遠州が出世し宇治の命運を握る存在になるなど、宇治を襲う政治の混乱は、綸と清四郎の夫婦関係、綸の秘めた恋心、さらに綸の出生の秘密、師の利休と同じように謎《なぞ》めいた織部の最期の真相などともリンクしていくので、虚実の皮膜を操りながら政治ドラマと人情ものを融合させた手腕は圧巻である。

徳川幕府は、御茶師を格付けし競争させることで茶の品質向上をうながそうとするが、その裏には御茶師を管理監督したいとの思惑が見え隠れしていた。宇治の御茶師は、茶葉の栽培法や碾茶の製造法を秘伝とせず、仲間に公開しそれを互いに磨くことで、どこの産地にも負けない最高品質のお茶を作ってきた。だが格付けが始まると、独自の製法を隠して自分の家の安泰だけを考える御茶師が現れるかもしれないので、幕府の新方針は宇治の伝統を壊す危険もあったのだ。

　同業他社と共存共栄をはかる互助的な経済システムを維持してきた宇治が、非情な論理で動く自由競争の波にさらされるところは、グローバル経済のネットワークに接続され新興国との価格競争に巻き込まれた現代の日本を彷彿《ほうふつ》させる。過度な競争が、「三方よし」（売り手よし、買い手よし、世間よし）、「前義後利」（道義を優先させ、利益を後回しにする）といった江戸時代から日本に伝わる商道徳を破壊し、〝金を稼ぐためなら手段を選ぶ必要はない〟〝正直ものは馬鹿を見る〟という社会風潮を生んでいることを踏まえるなら、自由競争という新しい枠組みの中で、綸と清四郎が朝比奈家の家訓ともいえる「怒りは呑《の》み込め、それを糧《かて》にして機をみて踏み出せ、何どきも御茶師であることを忘れるな」を胸に、宇治の御茶師として恥ずかしくない商売とは何かを見つけようとする中盤以降は、利益の追求と倫理はどのような関係にあるべきなのかという普遍的なテーマを問い掛けているのである。

　物語の終盤、綸たちは、目的のためなら手段を選ばない自由競争の申し子のような御茶師・里見宗加との戦いに巻き込まれる。この困難に、プロフェッショナルとしての誇りと人を信じる情で立ち向かう綸たちは、誰もが身近な武器で社会の矛盾と戦えると気付かせてくれるだけに、本書を読み終わると前向きな気分になれる。

著者は時代小説作家の印象が強いかもしれないが、史実を背景にした本書の後にも、北辰《ほくしん》一刀流の千葉家で生まれ育ち、坂本龍馬を愛した佐那《さな》の生涯を追った『龍の袖《そで》』のように、歴史小説でも傑作を発表している。歴史小説作家としての著者の活躍にも、注目して欲しい。

（令和三年四月、文芸評論家）

この作品は平成二十九年九月新潮社より刊行された。

茶《ちや》筅《せん》の旗《はた》

新潮文庫　ふ-46-21

令和三年六月一日発行
令和三年六月十五日二刷

著者　藤《ふじ》原《わら》緋《ひ》沙《さ》子《こ》

発行者　佐藤隆信

発行所　株式会社新潮社

郵便番号　一六二―八七一一
東京都新宿区矢来町七一
電話　編集部(〇三)三二六六―五四四〇
　　　読者係(〇三)三二六六―五一一一
https://www.shinchosha.co.jp

価格はカバーに表示してあります。

乱丁・落丁本は、ご面倒ですが小社読者係宛ご送付ください。送料小社負担にてお取替えいたします。

印刷・錦明印刷株式会社　製本・錦明印刷株式会社

ISBN978-4-10-139166-3　C0193